Illisibilité partielle

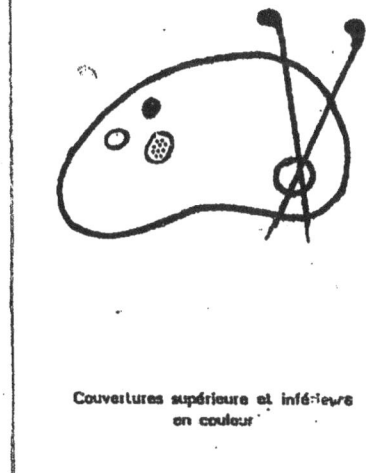

Couvertures supérieure et inférieure
en couleur

UNE

TÉNÉBREUSE AFFAIRE.

LAGNY. — Imprimerie d'A. Laurant.

UNE TÉNÉBREUSE

AFFAIRE

PAR

M. de Balzac.

2.

PARIS,

M. HIPPOLYTE SOUVERAIN, ÉDITEUR
de MM. de Balzac, Frédéric Soulié, Alphonse Bret, Paul de Kock, etc., etc.

RUE DES BEAUX-ARTS, 5.

1842.

VIII.

———◦◦◦———

UN COIN DE FORÊT.

VIII.

Une brèche a toujours sa cause et son utilité.

Voici comment et pourquoi celle qui se trouve entre la tour aujourd'hui dite de Mademoiselle, et les écuries, avait été pratiquée.

Dès son installation à Cinq-Cygne, le bonhomme d'Hauteserre fit d'une longue ravine par laquelle les eaux de la forêt tombaient dans la douve, un chemin qui sépare deux grandes pièces de terre appartenant à la réserve du château, mais uniquement pour y planter une centaine de noyers qu'il trouva dans une pépinière.

En onze ans, ces noyers étaient devenus assez touffus et couvraient presque ce chemin encaissé déjà par des berges de six pieds de hauteur, et par lequel on allait à un petit bois de trente arpents qu'il avait acheté.

Quand le château eut tous ses habitants, chacun aima mieux passer par la douve pour prendre le chemin communal qui longeait les murs du parc et conduisait à la ferme, que de faire le tour par la grille. En y passant, sans le vouloir, on élargissait la brèche des deux côtés, avec d'autant moins de scrupule qu'au dix-neuvième siècle les douves sont parfaitement inutiles et que le tuteur parlait souvent d'en tirer parti.

Cette constante démolition produisait de la terre, du mortier, des pierres, qui finirent par combler le fond de la douve. L'eau dominée par cette espèce de chaussée ne la couvrait que dans les temps des grandes pluies.

Néanmoins, malgré ces dégradations auxquelles tout le monde et la comtesse elle-même avait aidé, la brèche était assez abrupte, pour qu'il fût difficile d'y faire descendre un cheval et surtout de le faire remonter sur le chemin communal ; mais il semble que, dans les périls, les chevaux épousent la pensée de leurs maîtres.

Pendant que la jeune comtesse hésitait à suivre Marthe et lui demandait des explications, Michu, qui du haut de son monticule avait suivi les lignes décrites par les gendarmes et compris le plan des espions, désespérait du succès en ne voyant venir personne.

Un piquet de gendarmes suivait le mur du parc en s'espaçant comme des sentinelles, et ne laissant entre chaque homme que la distance à laquelle ils pouvaient se comprendre de la voix et du regard, écouter et surveiller les plus légers bruits et les moindres choses.

Michu, couché à plat ventre, l'oreille collée à la terre, estimait, à la manière des Indiens, le temps qui lui restait par la force du son.

— Je suis arrivé trop tard ! se disait-il à lui-même. Violette me le paiera ! A-t-il été long-temps avant de se griser ? Que faire ?

Il entendait le piquet qui descendait de la forêt par le chemin passant devant la grille, et qui, par une manœuvre semblable à celle du piquet venant du chemin communal, allaient se rencontrer.

— Encore cinq à six minutes ! se dit-il.

En ce moment, la comtesse se montra, Michu la prit d'une main vigoureuse et la jeta dans le chemin couvert.

— Allez droit devant vous ! Mène-la, dit-il à sa femme, à l'endroit où est mon cheval, et songez que les gendarmes ont des oreilles.

En voyant Catherine qui apportait la cravache, les gants et le chapeau, mais surtout en voyant la jument et Gothard, cet homme, de conception si vive dans le danger, résolut de jouer les gendarmes avec autant de succès qu'il venait de se jouer de Violette.

Gothard avait, comme par magie, forcé la jument à escalader la douve.

— Du linge aux pieds?... je t'embrasse! dit le régisseur en serrant Gothard dans ses bras.

Il laissa la jument aller auprès de sa maîtresse et prit les gants, le chapeau, la cravache.

— Tu as de l'esprit, tu vas me comprendre, reprit-il. Force ton cheval à grimper aussi sur ce chemin, monte-le à poil, entraîne après toi les gendarmes en te sauvant à fond de train à travers champs, vers la ferme, et ramasse-moi tout ce piquet qui s'étale, ajouta-t-il en achevant sa pensée par un geste qui indiquait la route à suivre.

— Toi, ma fille, dit-il à Catherine, il nous vient d'autres gendarmes par le chemin de Cinq-Cygne à Gondreville, élance-toi dans une direction contraire à celle que va suivre Gothard, et ramasse-les du château vers la forêt. Enfin, faites en sorte que nous ne soyons point inquiétés dans le chemin creux.

Catherine et l'admirable enfant qui devait donner dans cette affaire tant de
preuves d'intelligence, exécutèrent leur
manœuvre de manière à faire croire à
chacune des lignes de gendarmes que leur
gibier se sauvait.

La lueur trompeuse de la lune ne permettait de distinguer ni la taille, ni les
vêtements, ni le sexe, ni le nombre de
ceux qu'on poursuivait. L'on courut
après eux en vertu de ce faux axiome :
Il faut arrêter ceux qui se sauvent! dont
la niaiserie en haute police venait d'être
énergiquement démontrée par Corentin.
Michu, qui avait compté sur l'instinct des
gendarmes, put atteindre la forêt avec

sa femme quelque temps après la jeune comtesse.

— Cours au pavillon, dit-il à Marthe. La forêt doit être gardée, il est dangereux de rester ici. Nous aurons sans doute besoin de toute notre liberté.

Michu délia son cheval, et pria la comtesse de le suivre.

— Je n'irai pas plus loin, dit Laurence, sans que vous me donniez un gage de l'intérêt que vous me portez; car enfin, vous êtes Michu.

— Mademoiselle, répondit-il d'une voix douce, mon rôle va vous être expliqué.

en deux mots : je suis, à l'insu de messieurs de Simeuse, le gardien de leur fortune. J'ai reçu à cet égard des instructions de défunt leur père et de leur chère
mère, ma protectrice. Aussi ai-je joué le
rôle d'un Jacobin enragé, pour leur rendre service. Malheureusement, j'ai commencé mon jeu trop tard, et n'ai pu sauver mes maîtres !

La voix de Michu s'altéra.

— Depuis la fuite des jeunes gens,
je leur ai fait passer, tous les ans, les
sommes qui leur étaient nécessaires pour
vivre honorablement.

— Par la maison Breintmayer de Stras-
bourg ? dit-elle.

— Oui, Mademoiselle, les correspondants de M. Girel de Troyes, un royaliste qui, pour sa fortune, a fait, comme moi, le jacobin. Le papier que votre fermier a ramassé un soir, à la sortie de Troyes, était relatif à cette affaire qui pouvait me compromettre : ma vie n'était plus à moi, mais à eux, vous comprenez? Je n'ai pu me rendre maître de Gondreville. Dans ma position, on m'aurait coupé le cou en me demandant où j'avais pris tant d'or. J'ai préféré racheter la terre un peu plus tard; mais ce scélérat de Marion était l'homme d'un autre scélérat, de Malin. Gondreville reviendra tout de même à ses maîtres. Cela me regarde. Il y a quatre heures, je tenais Malin au bout de mon

fusil, oh! il était fumé! Dame! une fois
mort, on licitera Gondreville, on le ven-
dra et vous pouvez l'acheter. En cas de
ma mort, ma femme vous aurait remis
une lettre qui vous en eût donné les
moyens. Mais ce brigand disait à son com-
père Grévin, une autre canaille, que messieurs de Simeuse conspiraient contre le
Premier Consul, qu'ils étaient dans le
pays et qu'il valait mieux les livrer et s'en
débarrasser, pour être tranquille à Gondreville. Or, comme j'avais vu venir deux
maîtres espions, j'ai désarmé ma carabine, et je n'ai pas perdu de temps pour
accourir ici, pensant que vous deviez savoir où et comment prévenir les jeunes
gens : voilà.

— Vous êtes digne d'être noble, dit Laurence en lui tendant sa main.

Michu voulut se mettre à genoux pour baiser cette main.

Laurence vit son mouvement, le prévint et lui dit :

— Debout, Michu ! d'un son de voix et avec un regard qui le rendirent en ce moment aussi heureux qu'il avait été malheureux depuis douze ans.

— Vous me récompensez comme si j'avais fait tout ce qui me reste à faire, dit-il. Les entendez-vous, les hussards de la guillotine ? Allons causer ailleurs.

Michu prit la bride de la jument en se mettant du côté par lequel la comtesse se présentait de dos, et lui dit :

— Ne soyez occupée qu'à vous bien tenir, à frapper votre bête et à vous garantir la figure des branches d'arbre qui voudront vous la fouetter.

Puis il dirigea la jeune fille pendant une demi heure au grand galop, en faisant des détours, des retours, coupant son propre chemin à travers des clairières pour y perdre la trace, vers un endroit où il s'arrêta.

— Je ne sais plus où je suis, moi qui connais la forêt aussi bien que vous la connaissez, dit la comtesse en regardant autour d'elle.

— Nous sommes au centre même, répondit-il. Nous avons deux gendarmes après nous, mais nous sommes sauvés !

Le lieu pittoresque où le régisseur avait amené Laurence devait être si fatal aux principaux personnages de ce drame et à Michu lui-même, que le devoir de l'historien est de le décrire. Ce paysage est d'ailleurs, comme on le verra, devenu célèbre dans les fastes judiciaires de l'empire.

La forêt de Nodesme appartenait à un monastère dit de Notre-Dame. Ce monastère, pris, saccagé, démoli, disparut entièrement, moines et biens. La forêt, objet de convoitise, entra dans le domaine des comtes de Champagne qui, plus tard, l'engagèrent et la laissèrent vendre. En six siècles, la nature couvrit les ruines avec son riche et puissant manteau vert, et les effaça si bien, que l'existence d'un des plus beaux couvents n'était plus indiquée que par une assez faible éminence, ombragée de beaux arbres, et cerclée par d'épais buissons impénétrables que, depuis 1794, Michu s'était plu à épaissir en plantant de l'accacia épineux dans les intervalles dénués d'arbustes.

Une mare se trouvait au pied de cette éminence, et attestait une source perdue qui sans doute avait déterminé l'assiette du monastère. Le possesseur des titres

de la forêt de Nodesme avait pu seul reconnaître l'étymologie de ce mot âgé de
huit siècles et découvrir qu'il y avait eu
jadis un couvent au centre de la forêt.

En entendant les premiers coups de
tonnerre de la Révolution, le marquis de
Simeuse, qu'une contestation avait obligé
de recourir à ses titres, instruit de cette
particularité par le hasard, se mit, dans
une arrière-pensée assez facile à concevoir, à rechercher la place du monastère.

Le garde, à qui la forêt était si connue,
avait naturellement aidé son maître dans
ce travail : sa sagacité de forestier lui fit

reconnaître la situation du monastère.
En observant la direction des cinq principaux chemins de la forêt, dont plusieurs
étaient effacés, il vit que tous aboutis-
saient au monticule et à la mare, où
jadis on devait venir de Troyes, de la
vallée d'Arcis, de celle de Cinq-Cygne, et
de Bar-sur-Aube.

Le marquis voulut sonder le monticule, mais il ne pouvait prendre pour
cette opération que des gens étrangers au
pays. Pressé par les circonstances, il
abandonna ses recherches en laissant dans
l'esprit de Michu l'idée que l'éminence
cachait ou des trésors ou les fondations
de l'abbaye.

Michu continua cette œuvre archéolo-
gique, il sentit le terrain sonner le creux,
au niveau même de la mare, entre deux
arbres, au pied du seul point escarpé de
l'éminence. Par une belle unit, il vint
armé d'une pioche, et son travail mit à
découvert une baie de cave où l'on descendait par des degrés en pierre.

La mare, qui, dans son endroit le plus
creux, a trois pieds de profondeur, est
irrégulière et forme une spatule dont le
manche semble sortir de l'éminence, et
ferait croire qu'il sort de ce rocher fac-
tice une fontaine perdue par infiltration
dans cette vaste forêt.

Ce marécage, entouré d'arbres aqua-
tiques, d'aulnes, de saules, de frênes, est
le rendez-vous de sentiers, restes des
routes anciennes et d'allées forestières,
aujourd'hui désertes. Cette eau, vive et
qui paraît dormante, couverte de plantes
à larges feuilles, de cresson, offre une
nappe entièrement verte, à peine distinc-
tible de ses bords où croît une herbe fine
et fournie. Elle est trop loin de toute habitation pour qu'aucune bête, autre que
le fauve, vienne en profiter.

Bien convaincus qu'il ne pouvait rien
exister au dessous de ce marais, et rebu-
tés par les bords inaccessibles du monticule, les gardes particuliers ou les chas-

seurs n'avaient jamais visité, fouillé ni sondé ce coin qui appartenait à la plus vieille coupe de la forêt, et que Michu réserva pour une futaie, quand arriva son tour d'être exploitée.

Au bout de la cave se trouve un caveau voûté, propre et sain, tout en pierres de taille, du genre de ceux qu'on nommait l'*in pace*, le cachot des couvents. La salubrité de ce caveau, la conservation de ce reste d'escalier et de ce berceau, s'expliquait par la source que les démolisseurs avaient respectée et par une muraille vraisemblablement d'une grande épaisseur, en brique et en ciment semblable à celui des Romains, qui contenait les eaux supérieures.

Michu couvrit de grosses pierres l'entrée de cette retraite ; puis, pour s'en approprier le secret et le rendre impénétrable, il s'imposa la loi de remonter l'éminence boisée, et de descendre à la cave par l'escarpement, au lieu d'y aborder par la mare.

Au moment où les deux fugitifs y arrivèrent, la lune jetait sa belle lueur d'argent aux cîmes des arbres centenaires du monticule. Elle se jouait dans les magnifiques touffes des langues de bois, diversement découpées par les chemins qui débouchaient là, les unes arrondies, les autres pointues, celle-ci terminée par un seul arbre, celle-là par un bosquet.

De là, l'œil s'engageait irrésistiblement en de fuyantes perspectives où les regards suivaient soit la rondeur d'un sentier, soit la vue sublime d'une longue allée de forêt, soit une muraille de verdure presque noire. La lumière filtrée à travers les branchages de ce carrefour faisait briller, entre les clairs du cresson et les nénuphars, quelques diamants de cette eau tranquille et ignorée. Le cri des grenouilles troubla le profond silence de ce joli coin de forêt dont le parfum sauvage réveillait dans l'âme des idées de liberté.

— Sommes-nous bien sauvés? dit la comtesse à Michu.

— Oui, Mademoiselle. Mais nous avons

chacun notre besogne. Allez attacher nos chevaux à des arbres en haut de cette petite colline, et nouez-leur à chacun un mouchoir autour de la bouche, dit-il en lui tendant sa cravate; le mien et le vôtre sont intelligents : ils sauront qu'ils doivent se taire. Quand vous aurez fini, descendez droit au dessus de l'eau par cet escarpement; ne vous laissez pas accrocher par votre amazone; vous me trouverez en bas.

Pendant que la comtesse cachait les chevaux, les attachait et les bâillonnait, Michu débarrassa ses pierres et découvrit l'entrée de la cave.

La comtesse, qui croyait savoir sa forêt, fut surprise au dernier point en se
voyant sous un berceau de cave.

Michu remit les pierres en voûte au
dessus de l'entrée avec une adresse de
maçon. Quand il eut achevé, le bruit des
chevaux et de la voix des gendarmes retentit dans le silence de la nuit; mais il
n'en battit pas moins tranquillement le
briquet, alluma une petite branche de sa-
pin, et mena la comtesse dans l'*in pace*,
où se trouvait encore un bout de la chan-
delle qui lui avait servi à reconnaître ce
caveau.

La porte en fer et de plusieurs lignes

d'épaisseur, mais percée en quelques endroits par la rouille, avait été remise en état par le garde, et se fermait extérieurement avec des barres qui s'adaptaient de chaque côté dans des trous.

La comtesse, morte de fatigue, s'assit sur un banc de pierre, au dessus duquel il existe encore un anneau scellé dans le mur.

— Nous avons un salon pour causer, dit Michu. Maintenant, les gendarmes peuvent tourner tant qu'ils voudront : le pire qui nous arriverait serait qu'ils prissent nos chevaux.

—Nous enlever nos chevaux, dit Laurence, ce serait tuer mes cousins et messieurs d'Hauteserre! Voyons, que savez-vous?

Michu raconta le peu qu'il avait surpris de la conversation entre Malin et Grévin.

—Ils sont en route pour Paris, ils y entreront ce matin.

—Perdus! s'écria Michu. Vous comprenez que les entrants et les sortants seront surveillés aux barrières. Malin a le plus grand intérêt à les laisser se bien compromettre pour les faire fusiller.

— Et moi qui ne sais rien du plan général de l'affaire! s'écria Laurence. Comment prévenir George, Rivière et Moreau?
Où sont-ils? Enfin ne songeons qu'à mes
cousins et aux d'Hauteserre, rejoignez-les
à tout prix.

— Le télégraphe va plus vite que les
meilleurs chevaux, dit Michu, et de tous
les nobles fourrés dans cette conspiration,
mes pauvres maîtres seront les mieux
traqués. Si je les retrouve, il faut les loger
ici! Nous les y garderons jusqu'à la fin
de l'affaire. Leur pauvre père avait peut-
être une vision en me mettant sur la piste
de cette cachette, il a pressenti que ses
fils s'y sauveraient!

— Ma jument vient des écuries du comte d'Artois, elle est née de son plus beau cheval anglais, mais elle a fait trente-six lieues, elle mourrait sans vous avoir porté au but, dit-elle.

— Le mien est bon, dit Michu, et si vous avez fait trente-six lieues, je ne dois en avoir que dix-huit à faire?

— Vingt-trois, dit-elle, ils ont marché! Vous les trouverez au dessus de Lagny, à Coupvrai, d'où ils doivent au petit jour sortir déguisés en mariniers, ils comptent entrer à Paris sur des bateaux. Voici, re-prit-elle en ôtant de son doigt la moitié de l'alliance de sa mère, la seule chose à laquelle ils ajouteront foi, je leur ai donné l'autre moitié.

— Le garde de Coupvrai, le père d'un de leurs soldats, les cache cette nuit dans une baraque abandonnée par des charbonniers, au milieu des bois. Ils sont huit en tout. Messieurs d'Hauteserre et quatre hommes sont avec mes cousins.

—Mademoiselle, on ne courra pas après les soldats, ne nous occupons que de messieurs de Simeuse, et laissons les autres se sauver comme il leur plaira. N'est-ce pas assez que leur cri : Casse-cou?

— Abandonner les d'Hauteserre !....

jamais, dit-elle, périr ou se sauver tous
ensemble!

— De petits gentilshommes ! reprit
Michu.

— Ils ne sont qu'écuyers, répondit-
elle, je le sais, mais ils se sont alliés aux
Cinq-Cygne et aux Simeuse. Ramenez
donc mes cousins et les d'Hauteserre, en
tenant conseil avec eux sur les meilleurs moyens de gagner cette forêt.

— Les gendarmes y sont! les entendez-vous, ils se consultent.

— Enfin vous avez eu déjà deux fois
du bonheur ce soir, allez! Oh! rame-

nez-les, et cachez-les dans cette cave, où
ils seront à l'abri de toute recherche! Je
ne puis vous être bonne à rien, dit-elle
avec rage, je serais un phare qui éclaire-
rait l'ennemi. La police n'imaginera jamais
qu'ils puissent revenir dans la forêt, en
me voyant tranquille. Ainsi, toute la question consiste à trouver cinq bons chevaux
pour venir, en six heures, de Lagny dans
notre forêt, cinq chevaux à laisser morts
dans un fourré, vous les y enterrerez.

— Et de l'argent? répondit Michu qui
réfléchissait profondément en écoutant la
jeune comtesse.

— J'ai donné cent louis cette nuit à
mes cousins.

— Je réponds d'eux, s'écria Michu. Une fois cachés, vous devrez vous priver de les voir ; ma femme ou mon petit leur porteront à manger deux fois la semaine. Mais, comme je ne réponds pas de moi, sachez, en cas de malheur, Mademoiselle, que ma maîtresse poutre du grenier de mon pavillon a été percée avec une ta- rière. Dans le trou, qui est bouché par une grosse cheville, se trouve le plan d'un coin de la forêt. Les arbres auxquels vous verrez un point rouge sur le plan, ont une remarque noire au pied sur le terrain. Chacun de ces arbres est un indicateur. Le troisième chêne vieux, qui se trouve à gauche de chaque indicateur, a, deux pieds en avant du tronc, des rouleaux de fer-blanc enterrés à sept pieds de profondeur qui contiennent cent mille francs en or. Ces onze arbres, il n'y en a que onze, sont toute la fortune des Simeuse, maintenant que Gondreville leur a été pris.

— La noblesse sera cent ans à se remettre des coups qu'on lui a portés! dit lentement mademoiselle de Cinq-Cygne.

— Y a-t-il un mot d'ordre? demanda Michu.

— France et Charles! pour les soldats. Laurence et Louis! pour messieurs d'Hauteserre et de Simeuse. Mon Dieu, les avoir revus hier pour la première fois depuis onze

ans et les savoir en danger de mort aujourd'hui, et quelle mort?... Michu, dit-
elle avec une expression de mélancolie,
soyez aussi prudent pendant ces quinze
heures que vous avez été grand et dévoué
pendant ces douze années. S'il arrivait
malheur à mes cousins, je mourrais. Non,
dit-elle, je vivrai assez pour tuer Bonaparte !

— Nous serons deux pour ça, le jour
où tout sera perdu.

Laurence prit la rude main de Michu et
la lui serra vivement à l'anglaise.

Michu tira sa montre, il était minuit.

— Sortons à tout prix, dit-il. Gare au

gendarme qui me barrera le passage. Et vous, sans vous commander, madame la comtesse, retournez à bride abattue à Cinq-Cygne, ils y sont, amusez-les.

Le trou débarrassé, Michu n'entendit plus rien ; il se jeta l'oreille à terre, et se releva précipitamment :

— Ils sont sur la lisière vers Troyes ! dit-il, je leur ferai la barbe.

Il aida la comtesse à sortir, et replaça le tas de pierres. Quand il eut fini, il s'entendit appeler par la douce voix de Laurence, qui voulut le voir à cheval avant de remonter sur le sien.

L'homme rude avait des larmes aux yeux en échangeant un dernier regard avec sa jeune maîtresse qui, elle, avait les yeux secs.

— Amusons-les, il a raison! se dit-elle quand elle n'entendit plus rien. Et elle s'élança vers Cinq-Cygne, au grand galop.

IX.

---o◇o---

LES CHAGRINS DE LA POLICE.

IX.

L'aspect du salon offrit un tableau vraiment digne du pinceau des peintres
d'intérieur, quand, après l'arrestation
de Catherine et de Gothard, madame
d'Hauteserre y apparut se traînant avec

effort sur le bras de la grande mademoiselle Goujet dont les yeux rougis
avaient pleuré. La pauvre mère, en sachant ses fils menacés de mort, elle qui
ne croyait pas la révolution finie et qui
connaissait la sommaire justice de ce
temps, reprit ses sens et ses forces par
la violence même de la douleur qui les
lui avait fait perdre, et descendit au salon ramenée par une horrible curiosité.

Toujours assis à la table de jeu, le curé
jouait machinalement avec les fiches, en
observant à la dérobée Peyrade et Corentin, qui, debout, à l'un des coins de la
cheminée, se parlaient à voix basse.

Plusieurs fois le fin regard de Corentin

rencontra le regard non moins fin du curé ; mais, comme deux adversaires qui se trouvent également forts et qui reviennent en garde après avoir croisé le fer, l'un et l'autre jetaient promptement leurs regards ailleurs.

Le bonhomme d'Hauteserre, planté sur ses deux jambes comme un héron, restait à côté du gros, gras, grand et avare Goulard, dans l'attitude que lui avait donnée la stupéfaction. Quoiqu'il fût vêtu en bourgeois, le maître avait toujours l'air d'un domestique. Ils regardaient tous deux d'un œil hébété les gendarmes, entre lesquels pleurait toujours Gothard, dont les mains avaient été si vigoureusement attachées qu'elles étaient violettes et enflées.

Catherine ne quittait pas sa position pleine de simplesse et de naïveté, mais impénétrable.

Le brigadier qui venait de faire, selon Corentin, la sottise d'arrêter ces petites bonnes gens, ne savait plus s'il devait partir ou rester. Il était tout pensif au milieu du salon, la main appuyée sur la poignée de son sabre, et l'œil sur les deux Parisiens.

Les Durieu, stupéfaits, et tous les gens du château formaient un groupe admi-

rable d'inquiétude. Sans les pleurs con-
vulsifs de Gothard , on eût entendu les
mouches voler.

Quand la mère , épouvantée et pâle ,
ouvrit la porte et se montra , tous ces
visages se tournèrent vers les deux femmes.

Les deux agents espéraient autant que
tremblaient les habitants du château de
voir entrer Laurence. Ce mouvement
spontané sembla produit comme par un
de ces mécanismes qui font accomplir à
des figures de bois un seul et unique
geste ou un clignement d'yeux.

Madame d'Hauteserre s'avança par

4

trois grands pas précipités vers Corentin, et lui dit d'une voix entrecoupée mais violente :

— Par pitié, Monsieur, de quoi mes fils sont-ils accusés? Et croyez-vous donc qu'ils soient venus ici?

Le curé qui semblait s'être dit : — Elle va faire quelque sottise ! baissa les yeux.

— C'est ce que les devoirs de la mission que j'accomplis me défendent de vous dire, répondit Corentin d'un air à la fois gracieux et railleur.

Ce refus, que la détestable courtoisie

de ce mirliflor rendait encore plus im-
placable, pétrifia cette vieille mère : elle
tomba sur un fauteuil auprès de l'abbé
Goujet, joignit les mains et se mit à prier.
Elle fit un vœu.

— Où avez-vous arrêté ce pleurard?
demanda Corentin au brigadier en désignant l'écuyer de Laurence.

— Dans le chemin qui mène à la ferme,
le long des murs du parc ; il allait gagner le bois des Cloiseaux.

— Et cette fille?

— Elle? c'est Olivier qui l'a pincée.

— Où allait-elle ?

— Vers Gondreville.

— Ils se tournaient le dos? dit Corentin.

— Oui, reprit le gendarme.

— N'est-ce pas le petit domestique et la femme de chambre de la citoyenne Cinq-Cygne ? dit Corentin au maire.

— Oui, répondit Goulard.

Peyrade sortit aussitôt en emmenant le brigadier, après avoir échangé deux mots avec Corentin de bouche à oreille.

En ce moment le brigadier d'Arcis

entra, vint à Corentin et lui dit tout
bas :

— Je connais bien les localités, j'ai
tout fouillé dans les communs, et , à
moins que les gars ne soient enterrés ,
il n'y a personne. Nous en sommes à faire
sonner les planchers et les murailles avec
les crosses de nos fusils.

Peyrade rentra quelques instants après.

Il fit signe à Corentin de venir, et l'emmena voir la brèche de la douve en lui
signalant le chemin creux qui y corres-
pondait.

— Nous avons deviné la manœuvre ,
dit Peyrade.

— Je vais vous la dire, répliqua Corentin. Le petit drôle et la fille ont donné le
change à ces imbécilles de gendarmes,
pour assurer une sortie au gibier.

— Nous ne saurons la vérité qu'au
jour, reprit Peyrade. Ce chemin est humide, je viens de le faire barrer en haut
et en bas par deux gendarmes; quand
nous pourrons y voir clair, nous recon-
naîtrons, à l'empreinte des pieds, quels
sont les êtres qui ont passé par là.

—Voici les traces du sabot d'un cheval,
dit Corentin, allons aux écuries.

—Combien y a-il de chevaux ici? de-

manda Peyrade à monsieur d'Hauteserre et à Goulard en rentrant au salon
avec Corentin.

— Allons, monsieur le maire, vous
le savez, répondez! lui cria Corentin.

— Mais il y a la jument de la comtesse, le cheval de Gothard et celui de
monsieur d'Hauteserre.

— Nous n'en avons vu qu'un à l'écurie.

— Mademoiselle se promène, dit
Durieu.

— Se promène-t-elle ainsi souvent la
nuit, votre pupille? dit le libertin Peyrade à monsieur d'Hauteserre.

— Très-souvent, répondit avec sim-
plicité le bonhomme. Monsieur le maire
vous l'attestera.

—Tout le monde sait qu'elle a des
lubies, répondit Catherine. Elle regardait le ciel avant de se coucher; je
crois bien que vos baïonnettes qui
brillaient au loin l'auront intriguée.
Elle a voulu savoir, m'a-t-elle dit en
sortant, s'il s'agissait encore d'une
nouvelle révolution.

— Quand est-elle sortie? demanda
Peyrade.

— Quand elle a vu vos fusils.

—Et par où est-elle allée?

— Je ne sais pas.

— Et l'autre cheval?

— Les...es.. geeen.....en....daaarmes me me me .... me l'on ... ont priiiis, dit Gothard.

—Et où donc allais-tu? lui dit l'un des gendarmes.

— Je suuiv... ai... ais... ma maî... aî... aîtresse à la fer...me.

Le gendarme leva la tête vers Corentin en attendant un ordre; mais ce langage était à la fois si faux et si

vrai, si profondément innocent et si
rusé, que les deux Parisiens s'entrere-
gardèrent comme pour se répéter le
mot de Peyrade :

— Non, ils ne sont pas gnioles !

Le gentilhomme paraissait ne pas
avoir assez d'esprit pour comprendre
une épigramme. Le maire était stupide.
La mère, imbécille de maternité, faisait
aux agents des questions d'une innocence bête. Tous les gens avaient été
bien réellement surpris dans leur
sommeil.

En présence de ces petits faits, en
jugeant ces divers caractères, Corentin

comprit aussitôt que son seul adversaire était mademoiselle de Cinq-Cygne.

La police, quelque adroite qu'elle soit, a d'innombrables désavantages. Non seulement elle est forcée d'apprendre tout ce que sait le conspirateur, mais encore elle doit supposer mille choses avant d'arriver à une seule qui soit vraie. Le conspirateur pense sans cesse à sa sûreté, tandis que la police n'est éveillée qu'à ses heures. Sans les trahisons, il n'y aurait rien de plus facile que de conspirer.

Un conspirateur a plus d'esprit à lui seul que la police avec ses immenses moyens d'action.

En se sentant arrêtés moralement comme ils l'eussent été physiquement par une porte qu'ils auraient cru trouver ouverte, qu'ils auraient crochetée, et derrière laquelle des hommes pèseraient sans rien dire, Corentin et Peyrade se voyaient devinés et joués sans savoir par qui.

—J'affirme, vint leur dire à l'oreille le brigadier d'Arcis, que si les deux messieurs de Simeuse et d'Hauteserre ont passé la nuit ici, on les a couchés dans les lits du père, de la mère, de mademoiselle de Cinq-Cygne, de la servante, des domestiques, ou ils se sont promenés dans le parc : il n'y a pas la moindre trace de leur passage.

— Qui donc a pu les prévenir? dit
Corentin à Peyrade. Il n'y a encore
que le Premier Consul, Fouché, les
ministres, le préfet de police, et Malin
qui savent quelque chose.

— Nous laisserons des moutons dans
le pays, dit Peyrade à l'oreille de
Corentin.

— Vous ferez d'autant mieux qu'ils
seront en Champagne, répliqua le curé
qui ne put s'empêcher de sourire en
entendant le mot mouton et qui devina tout d'après ce seul mot surpris.

— Mon Dieu! pensa Corentin qui répondit au curé par un autre sourire, il n'y a qu'un homme d'esprit ici, je ne puis m'entendre qu'avec lui, je vais l'entamer.

— Messieurs.... dit le maire, qui voulait cependant donner une preuve de dévoûment au Premier Consul et qui s'adressait aux deux agents.

— Dites citoyens! lui répliqua Corentin, la République existe encore. Il regarda le curé d'un air railleur.

— Citoyens, reprit le maire, au moment où je suis entré dans ce salon et avant que j'eusse ouvert la bouche,

Catherine s'y est précipitée pour y prendre la cravache, les gants et le chapeau de sa maîtresse.

Un sourd murmure d'horreur sortit du fond de toutes les poitrines , excepté de celle de Gothard. Tous les yeux, moins ceux des gendarmes et des agents, menacèrent Goulard, le dénonciateur, en lui jetant des flammes.

— Bien, citoyen maire, lui dit Peyrade en regardant Corentin avec une visible défiance, nous y voyons clair. On a prévenu la citoyenne Cinq-Cygne bien à temps.

— Brigadier, mettez les poucettes à ce

petit gars, dit Corentin au gendarme, et
emmenez-le dans une chambre à part,
Renfermez aussi cette petite fille, ajouta-
t-il en désignant Catherine.

— Tu vas présider à la perquisition des
papiers, reprit-il en s'adressant à Peyrade auquel il parla dans l'oreille.
Fouille tout, n'épargne rien.

Monsieur l'abbé, dit-il confidentielle-
ment au curé, j'ai d'importantes commu-
nications à vous faire.

Et il l'emmena dans le jardin.

— Écoutez, monsieur l'abbé, vous me
paraissez avoir tout l'esprit d'un évêque,

et (personne ne peut nous entendre) je n'ai plus d'espoir qu'en vous pour sauver deux familles qui, par sottise, vont se laisser rouler dans un abîme d'où rien ne revient.

Messieurs de Simeuse et d'Hauteserre ont été trahis par un de ces infâmes espions que les gouvernements glissent dans toutes les conspirations pour bien en connaître le but, les moyens et les personnes.

Ne me confondez pas avec ce misérable qui m'accompagne, il est de la police; mais moi, je suis attaché très-honorablement au cabinet consulaire et j'en ai le mot. On ne souhaite pas la perte de messieurs de Simeuse. Malin les voudrait voir fusiller, tandis que le Premier Consul, s'ils sont ici, s'ils n'ont pas de mauvaises intentions, veut les arrêter sur le bord du précipice : il aime les bons militaires. L'agent qui m'accompagne a tous les pouvoirs, moi je ne suis rien en apparence, mais je sais où en est le complot. L'agent a le mot de Malin, qui sans doute lui a promis sa protection, une place, peut-être de l'argent, s'il peut trouver les deux Simeuse et les livrer.

Le Premier Consul, qui est vraiment un grand homme, ne favorise point les pensées cupides. Je ne veux point savoir si les deux jeunes gens sont ici, fit-il en apercevant un geste chez le curé ; mais ils ne peuvent être sauvés que de cette manière : vous connaissez la loi du 6 floréal an X, elle amnistie les émigrés qui sont encore à l'étranger, à la condition de rentrer avant le premier vendémiaire de l'an XI, c'est-à-dire en septembre de l'année dernière ; mais messieurs de Simeuse ayant, ainsi que messieurs d'Hauteserre, exercé des commandements dans l'armée de Condé, sont dans le cas de l'exception posée par cette loi. Leur présence en France est donc un crime, et suffit, dans les circonstances où nous sommes, pour les rendre complices d'un horrible complot.

Le Premier Consul a senti le vice de cette exception qui fait à son gouvernement des ennemis irréconciliables ; il voudrait faire savoir à messieurs de Simeuse qu'aucune poursuite ne sera faite contre eux, s'ils lui adressent une pétition dans laquelle ils diront qu'ils rentrent en France dans l'intention de se soumettre aux lois, et promettront de prêter serment à la constitution. Vous comprenez que cette pièce doit être entre ses mains avant leur arrestation et datée d'il y a quelques jours, je puis en être porteur...

Je ne vous demande pas où ils sont, dit-il en voyant le curé faire un nouveau

geste de dénégation. Nous sommes malheureusement sûrs de les trouver; la forêt est gardée, les entrées de Paris sont
surveillées et la frontière aussi. Suivez
ceci : s'ils sont entre cette forêt et Paris,
ils seront pris; s'ils sont à Paris, on les y
trouvera; s'ils rétrogradent, les malheureux seront arrêtés.

Le Premier Consul aime les ci-devant ;
il ne peut souffrir les républicains. Que
ce secret reste entre nous. Ainsi, voyez !
J'attendrai jusqu'à demain, je serai aveugle; mais défiez-vous de l'agent; ce maudit Provençal est le valet du diable : il a
le mot de Fouché, comme j'ai celui du
Premier Consul.

— Si messieurs de Simeuse sont ici,
dit le curé, je donnerai dix pintes de mon
sang et un bras pour les sauver; mais si
mademoiselle de Cinq-Cygne est leur con_
fidente, elle n'a pas commis, je le jure par
mon salut éternel, la moindre indiscré-
tion et ne m'a pas fait l'honneur de me
consulter. Je suis maintenant très-con-
tent de sa discrétion, si toutefois discrétion il y a.

Nous avons joué hier au soir, comme
tous les jours, au boston, dans le plus
profond silence jusqu'à dix heures et
demie, et nous n'avons rien vu ni entendu.
Il ne passe pas un enfant dans cette vallée solitaire sans que tout le monde le

voie et le sache, et depuis quinze jours, il n'y est venu personne d'étranger. Or, messieurs d'Hauteserre et de Simeuse font une troupe à eux quatre.

Le bonhomme et sa femme sont soumis au gouvernement, et ont fait tous les efforts imaginables pour ramener leurs fils auprès d'eux; ils leur ont encore écrit avant-hier. Aussi, dans mon âme et conscience, a-t-il fallu votre descente ici pour ébranler la ferme croyance où je suis de leur séjour en Allemagne. Entre nous, il n'y a ici que la jeune comtesse qui ne rende pas justice aux éminentes qualités de monsieur le Premier Consul.

— Finaud ! pensa Corentin. Si ces jeunes gens sont fusillés, c'est qu'on l'aura bien voulu ! répondit-il, maintenant je m'en lave les mains.

Il avait amené l'abbé Gouget dans un endroit fortement éclairé par la lune, et il le regarda brusquement en disant ces fatales paroles. Le prêtre était profondément affligé, mais en homme surpris et complètement ignorant.

— Comprenez donc, monsieur l'abbé, reprit Corentin, que la terre de Gondreville les rend doublement criminels ! Enfin, je veux leur faire avoir affaire à Dieu et non pas à ses saints.

— Il y a donc un complot ? dit le curé.

— Ignoble, odieux, lâche, contraire à l'esprit généreux de la nation, reprit Corentin, et tel qu'il sera couvert d'un opprobre général!

—Eh bien ! mademoiselle de Cinq-Cygne est incapable de lâcheté, s'écria le curé.

— Monsieur l'abbé, reprit Corentin, tenez, il y a pour nous (toujours de vous à moi) des preuves évidentes de sa complicité; mais il n'y en a point encore assez pour la justice. Elle a pris la fuite à notre approche... Et cependant je vous avais envoyé le maire.

— Oui, mais pour quelqu'un qui tient tant à les sauver, vous marchiez un peu trop sur les talons du maire, dit l'abbé.

Sur ce mot, ces deux hommes se regardèrent, et tout fut dit entre eux : ils appartenaient l'un et l'autre à ces profonds anatomistes de la pensée, auxquels il suffit d'une inflexion de voix, d'un regard, d'un mot pour deviner une âme, comme Cuvier devinait tout un animal disparu d'après le sabot ou la corne.

— J'ai cru tirer quelque chose de lui, je me suis découvert, pensa Corentin.

— Ah! le drôle, se dit en lui-même le curé.

Une heure après, minuit sonnait alors à la vieille horloge de l'église. Corentin et le curé rentrèrent dans le salon.

On entendait ouvrir et fermer les portes des chambres et des armoires. Les gendarmes défaisaient les lits, Peyrade, avec la prompte intelligence de l'espion, fouillait et sondait tout.

Ce pillage excitait à la fois la terreur et l'indignation chez les fidèles serviteurs, toujours immobiles et debout.

Monsieur d'Hauteserre échangeait avec sa femme et mademoiselle Goujet des regards de compassion. Une horrible curiosité tenait tout le monde éveillé.

Peyrade descendit et vint au salon en tenant à la main une cassette en bois de sandal sculpté, qui devait avoir été jadis rapportée de la Chine par l'amiral de Simeuse. Cette jolie boîte était plate et de la dimension d'un volume in-quarto.

Peyrade fit un signe à Corentin, et l'emmena dans l'embrasure de croisée.

—J'y suis! Ce Michu, qui pouvait payer huit cent mille francs en or Gondreville à Marion, et qui voulait tuer tout à l'heure

Malin, doit être l'homme des Simeuse.
L'intérêt qui lui a fait menacer Marion
doit être le même qui lui a fait coucher
Malin en joue. Il ne m'a paru capable
d'avoir deux idées ; il n'en a qu'une ; il
est instruit de la chose, et sera venu les
avertir ici...

— Malin aura causé de la conspiration
avec son ami le notaire, dit Corentin en
continuant à tirer des inductions, et Michu, qui se trouvait embusqué, l'aura
sans doute entendu parler des Simeuse.
En effet, il n'a pu remettre son coup de
carabine que pour prévenir un malheur
qui lui a semblé plus grand que la perte
de Gondreville.

—Il nous avait bien reconnus pour ce que nous sommes, dit Peyrade. Aussi, sur le moment, l'intelligence de ce paysan m'a-t-elle paru tenir du prodige.

— Oh! cela prouve qu'il était sur ses gardes, répondit Corentin. Mais, après tout, mon vieux, ne nous abusons pas : la trahison pue énormement, et les gens primitifs la sentent de loin.

—Nous n'en sommes que plus forts, dit le Provençal.

— Faites venir le brigadier d'Arcis! s'écria Corentin à l'un des gendarmes. Envoyons à son pavillon, dit-il à Peyrade.

— Violette, ce fermier si rusé, y est, dit le Provençal.

— Nous sommes partis sans en avoir eu de nouvelles, repartit Corentin. Nous aurions dû emmener avec nous Sabatier. Nous ne sommes pas assez de deux.

— Brigadier, dit-il en voyant entrer le gendarme et le serrant entre Peyrade et lui, n'allez pas vous laisser faire la barbe comme le brigadier de Troyes tout à l'heure. Michu nous paraît être dans l'affaire, allez à son pavillon, ayez l'œil à tout, et rendez-nous-en compte.

— Un de mes hommes a entendu des

chevaux dans la forêt au moment où l'on arrêtait les petits domestiques, et j'ai quatre fiers gaillards aux trousses de ceux qui voudraient s'y cacher.

Il sortit. Le bruit du galop de son cheval, qui retentit sur le pavé de la pelouse, diminua rapidement.

— Allons! ils vont sur Paris ou rétrogradent vers l'Allemagne, se dit Corentin.

Il s'assit, tira de la poche de son spencer un carnet, écrivit deux ordres au crayon, les cacheta et fit signe à l'un des gendarmes de venir :

— Au grand galop , à Troyes, éveiller le préfet, et dites-lui de profiter du petit jour pour faire marcher le télégraphe.

Le gendarme partit au grand galop.

Le sens de ce mouvement et l'intention de Corentin étaient si clairs que tous les habitants du château eurent le cœur serré, mais cette nouvelle inquiétude fut en quelque sorte un coup de plus dans leur martyre, car en ce moment ils avaient les yeux sur la précieuse cassette; et, tout en causant, les deux agents épiaient le langage de ces regards flamboyants.

Une sorte de rage froide remuait le

cœur insensible de ces deux êtres qui savouraient la terreur générale.

L'homme de police a toutes les émotions du chasseur; mais en déployant les forces du corps et de l'intelligence, là où l'un cherche à tuer un lièvre, une perdrix ou un chevreuil, il s'agit pour l'autre de sauver l'État ou le prince, de gagner une large gratification. Ainsi la chasse à l'homme est supérieure à l'autre chasse de toute la distance qui existe entre les hommes et les animaux. D'ailleurs, l'espion a besoin d'élever son rôle à toute la grandeur et à l'importance des intérêts auxquels il se dévoue.

Sans tremper dans leur métier, chacun

peut donc concevoir que l'âme y dépense autant de passion que le chasseur en met à poursuivre le gibier. Ainsi, plus ils avançaient vers la lumière, plus ces deux hommes étaient ardents; mais leur contenance, leurs yeux, restaient calmes et froids, de même que leurs soupçons, leurs idées, leur plan, restaient impénétrables.

Mais, pour qui eût suivi les effets du flair moral de ces deux limiers à la piste des faits inconnus et cachés, les mouvements de l'agilité canine qui les portait à trouver le vrai par le rapide examen des probabilités, il y avait de quoi frémir!

Comment et pourquoi ces hommes de

génie étaient-ils si bas quand ils pouvaient être si haut? Quelle imperfection, quel vice, quelle passion les ravalait ainsi? Est-on homme de police comme on est penseur, écrivain, homme d'État, peintre, général, à la condition de ne savoir faire qu'espionner, comme ceux-là parlent, écrivent, administrent, peignent ou se battent?

Les gens du château n'avaient dans le cœur qu'un même souhait :

— Le tonnerre ne tombera-t-il pas sur ces infâmes? Ils avaient tous soif de vengeance. Aussi, sans la présence des gendarmes, y aurait-il eu révolte.

— Personne n'a la clef du coffret? demanda le cynique Peyrade en interrogeant l'assemblée, autant par le mouvement de son gros nez rouge que par sa parole.

Le Provençal remarqua, non sans un mouvement de crainte, qu'il n'y avait plus de gendarmes. Corentin et lui se trouvaient seuls.

Corentin tira de sa poche un petit poignard et se mit en devoir de l'enfoncer dans la fente de la boîte.

En ce moment, on entendit d'abord sur le chemin, puis sur le petit pavé de la pelouse, le bruit horrible d'un galop désespéré; mais ce qui causa bien plus d'effroi fut la chute et le soupir du cheval qui s'abattit des quatre jambes à la fois au pied de la tourelle du milieu.

Une commotion, pareille à celle que produit la foudre, ébranla tous les spectateurs, quand on vit Laurence que le frôlement de son amazone avait annoncée. Ses gens s'étaient vivement mis en haie pour la laisser passer.

Malgré la rapidité de sa course, elle avait pu ressentir la douleur, effroyable pour elle, que lui causa la découverte de la conspiration : toutes ses espérances écroulées! Elle avait galopé dans des ruines! Ses yeux embrassaient l'horrible et

désolant horizon de la soumission au gouvernement consulaire.

Aussi, sans le danger que couraient les
quatre gentilshommes, et qui fut le topi-
que à l'aide duquel elle dompta sa fatigue et son désespoir, fût-elle tombée en-
dormie comme Napoléon après la bataille
de Waterloo. Mais elle avait presque tué
sa jument pour venir se mettre entre la
mort et ses cousins.

En l'apercevant, pâle et les traits tirés,
son voile d'un côté, sa cravache à la main,
sur le seuil d'où son regard brûlant embrassa toute la scène et la pénétra, chacun comprit, au mouvement impercepti-

ble qui remua la face aigre et trouble de Corentin, que les deux véritables adversaires étaient en présence.

Un terrible duel allait commencer.

X.

———

LAURENCE ET CORENTIN.

X.

En voyant sa cassette aux mains
de Corentin, l'audacieuse jeune fille leva
sa cravache et sauta sur lui si vivement,
en lui appliquant sur les mains un violent coup, que la cassette tomba par terre;

elle la saisit, la jeta dans le milieu de la braise, et se plaça devant la cheminée, dans une attitude menaçante, avant que les deux agents ne fussent revenus de leur surprise. Le mépris flamboyait dans ses yeux. Son front pâle et ses lèvres dédaigneuses insultaient à ces hommes autant que le geste autocratique avec lequel elle avait traité Corentin en bête venimeuse.

Le bonhomme d'Hauteserre se sentit chevalier; il eut la face rougie de tout son sang, et il regretta de ne pas avoir une épée.

Les serviteurs tressaillirent d'abord de

joie. Cette vengeance tant appelée venait de foudroyer l'un de ces hommes.

Mais leur bonheur fut refoulé dans le fond des âmes par une affreuse crainte : ils entendaient toujours les gendarmes allant et venant dans les greniers. Les gendarmes en étaient aux greniers.

L'*espion*, substantif énergique sous lequel se confondent toutes les nuances qui distinguent les gens de police, car le public n'a jamais voulu spécifier dans la langue les divers caractères de ceux qui se mêlent de cette apothicairerie nécessaire aux gouvernements ; l'espion donc a ceci de magnifique et de curieux, qu'il ne se

fâche jamais, il a l'humilité chrétienne des prêtres, il a les yeux faits au mépris, il l'oppose de son côté comme une barrière au peuple entier des niais qui ne le comprennent pas ; il a le front d'airain pour les injures, il marche à son but comme un animal dont la carapace solide ne peut être entamée que par le canon ; mais il est aussi, comme l'animal, d'autant plus furieux quand il est atteint, qu'il a cru sa cuirasse impénétrable.

Le coup de cravache sur les doigts fut pour Corentin, douleur à part, le coup de canon qui troue la carapace. De la part de cette sublime et noble fille, ce mouvement plein de dégoût l'humilia, non pas seulement aux regards de ce petit monde, mais encore à ses propres yeux.

Peyrade, le Provençal, s'élança sur le foyer. Il reçut un coup de pied de Laurence; mais il lui prit le pied, le lui leva et la força de se renverser sur la bergère où elle dormait naguère.

Ce fut le burlesque dans la terreur, un contraste fréquent dans les choses humaines. Peyrade se roussit la main pour s'emparer de la cassette en feu, mais il l'eut, la posa par terre et s'assit dessus.

Ces petits évènements se passèrent avec rapidité, sans une parole. Corentin, remis de la douleur causée par le coup de cravache, maintint mademoiselle de Cinq-Cygne en lui prenant les mains.

— Ne m'obligez pas, *belle citoyenne,* à employer la force contre vous, dit-il avec sa flétrissante courtoisie.

L'action de Peyrade eut pour résultat d'éteindre le feu par la compression qui supprima l'air.

— Gendarmes, à nous! cria-t-il tout en gardant sa position bizarre.

— Promettez-vous d'être sage? dit insolemment Corentin à Laurence, en ra-

massant son poignard et sans commettre
la faute de l'en menacer.

— Les secrets de cette cassette ne con-
cernent pas le gouvernement, répondit-
elle avec un mélange de mélancolie dans
son air et dans son accent. Quand vous
aurez lu les lettres qui y sont, vous aurez, malgré votre infamie, honte de les
avoir lues. Avez-vous encore honte
de quelque chose ? demanda-t-elle après
une pause.

Le curé jeta sur Laurence un regard
comme pour lui dire :

— Au nom de Dieu ! calmez-vous.

7

Peyrade se leva. Le fond de la cassette, en contact avec les charbons et presque entièrement brûlé, laissa sur ce tapis son empreinte roussie. Le dessus de la cassette était déjà charbonné, les côtés cédèrent.

Ce grotesque Scœvola, qui venait d'offrir au dieu de la police, à la Peur, le fond de sa culotte abricot, put, en ouvrant les deux côtés de la boîte comme s'il s'agissait d'un livre, faire glisser sur le tapis vert usé de la table à jouer, trois lettres et deux mèches de cheveux. Il allait sourire en regardant Corentin, quand il s'aperçut que les cheveux étaient de deux blancs différents, mais blancs.

Corentin quitta mademoi‹elle de Cinq-
Cygne pour venir lire la lettre d'où les
cheveux étaient tombés.

Laurence aussi se leva, se mit auprès
d'eux et dit :

— Oh ! lisez à haute voix, ce sera votre
punition.

Comme ils lisaient des yeux seulement,
elle lut elle-même la lettre suivante.

« Chère Laurence,

« Nous avons connu votre belle conduite
« dans la triste journée de notre arresta-
« tion, mon mari et moi. Nous savons
« que vous aimez nos deux bien-aimés

« jumeaux autant et tout aussi également

« que nous les aimons nous-mêmes, et

« nous vous chargeons d'un triste dépôt

« que vous saurez leur remettre.

« Monsieur l'exécuteur vient de nous

« couper les cheveux, car nous allons

« mourir dans quelques instants, et il

« nous a promis de vous faire tenir les

« deux seuls souvenirs de nous qu'il nous

« soit possible de donner à ces orphelins

« bien-aimés. Gardez-leur donc ces restes

« de nous, vous les leur donnerez en des

« temps meilleurs. Nous avons mis là un

« dernier baiser pour eux ainsi que notre

« bénédiction.

« Notre dernière pensée sera d'abord

« pour eux, puis pour vous, enfin pour
« Dieu !

« Aimez-les bien.

« BERTHE DE CINQ-CYGNE,

« JEAN DE SIMEUSE. »

Chacun eut les larmes aux yeux à la lecture de cette lettre.

Laurence dit aux deux agents, d'une voix ferme, en leur jetant un regard pétrifiant :

— Vous avez moins de pitié que *Monsieur l'exécuteur.*

Corentin mit tranquillement les cheveux dans la lettre, et la lettre de côté sur la table, en y plaçant un panier plein de fiches pour qu'elle ne s'envolât point. Ce sang-froid au milieu de l'émotion générale était affreux.

Peyrade dépliait les deux autres lettres.

— Oh ! quant à celles-ci, reprit Laurence, elles sont à peu près pareilles. Vous avez entendu le testament, en voici l'accomplissement. Mon cœur n'aura plus de secrets pour personne , voilà tout.

« 1794, Andernach, avant le combat.

« Ma chère Laurence , je vous aime
« pour la vie et je veux que vous le sa-
« chiez bien; mais, dans le cas où je
« viendrais à mourir, apprenez que mon
« frère Paul-Marie vous aime autant que
« je vous aime.

« Ma seule consolation en mourant
« sera d'être certain que vous pourrez un
« jour en faire votre mari , sans me voir
« dépérir de jalousie comme cela certes
« arriverait si , vivants tous deux, vous
« me le préfériez; ce qui me semble bien
« possible, il vaut mieux que moi, etc.

« Marie-Paul. »

— Voici l'autre, reprit-elle avec une charmante rougeur au front.

« Andernach, avant le combat.

« Ma bonne Laurence, j'ai quelque
« tristesse dans l'âme ; mais Marie-Paul à
« trop de gaîté dans le caractère pour ne
« pas vous plaire beaucoup plus que je ne
« vous plais. Il vous faudra quelque jour
« choisir entre nous, eh bien ! quoique je
« vous aime avec une passion... »,

— Vous correspondiez avec des émigrés, dit Peyrade en interrompant Laurence et mettant par précaution les lettres entre lui et la lumière pour vérifier

si elles ne contenaient pas dans l'entre-
deux des lignes une écriture en encre
sympathique.

— Oui, dit Laurence qui replia les précieuses lettres dont le papier avait jauni.
Mais en vertu de quel pouvoir violez-vous
ainsi mon domicile, ma liberté person-
nelle et toutes les vertus domestiques?

— Ah! au fait, dit Peyrade. De quel
droit? Oui, parlons-en, belle aristocrate?
reprit-il en tirant de sa poche un ordre
émané du ministre de la justice et contre-
signé du ministre de l'intérieur.

Tenez, citoyenne, les ministres ont pris
cela sous leur bonnet...

— Nous pourrions vous demander, lui dit Corentin à l'oreille, de quel droit vous logez chez vous les assassins du Premier Consul ? Vous m'avez appliqué sur les doigts un coup de cravache qui m'autoriserait à donner quelque jour un coup de main pour expédier messieurs vos cousins, moi qui viens pour les sauver.

Le curé comprit au mouvement des lèvres et au regard que Laurence jeta sur Corentin ce que disait l'artiste en trahison ; il fit à la comtesse un signe qui ne fut vu que par Goulard. Peyrade frappait sur le dessus de la boîte de petits coups pour savoir si elle ne serait pas composée de deux planches creuses.

— Oh! mon Dieu , dit-elle à Peyrade en lui arrachant le dessus , ne la brisez pas, tenez.

Elle prit une épingle , poussa la tête d'une figure et les deux planches chassées par un ressort se disjoignirent : celle qui était creuse offrit les deux miniatures de messieurs de Simeuse en uniforme de l'armée de Condé, deux portraits sur ivoire faits en Allemagne.

Corentin, qui se trouvait face à face avec un adversaire digne de toute sa colère, attira par un geste Peyrade dans un coin et conféra secrètement avec lui.

— Vous jetiez cela au feu, dit l'abbé

Goujet à Laurence en lui montrant par un regard la lettre de la marquise et les cheveux.

Pour toute réponse, la jeune fille haussa significativement les épaules.

Le curé comprit qu'elle obéissait à un plan dont le secret devait être à elle seule.

— Où a-t-on arrêté Gothard que j'entends pleurer ? lui dit-elle assez haut pour être entendue.

— Je ne sais pas, répondit-il.

— Avait-il été à la ferme?

— La ferme ! dit Peyrade à Corentin. Envoyons-y du monde.

— Non, reprit Corentin; elle n'aurait pas confié le salut de ses cousins à un fermier. Elle nous amuse! Faites ce que je vous dis, afin qu'après avoir commis la faute de venir ici nous remportions au moins des éclaircissements.

Corentin vint se mettre devant la cheminée, releva les longues basques pointues de son habit pour se chauffer, et prit l'air, le ton, les manières d'un homme qui se trouve en visite.

— Mesdames, vous pouvez vous coucher, et vos gens également. Monsieur le maire, vos services nous sont maintenant inutiles. La sévérité de nos ordres ne nous permet pas d'agir autrement que nous venons de le faire ; mais quand toutes les murailles , qui me semblent bien épaisses , seront examinées , nous partirons.

Le maire salua la compagnie et sortit. Ni le curé , ni mademoiselle Goujet, ne bougèrent. Les gens étaient trop inquiets pour ne pas suivre le sort de leur jeune maîtresse.

Madame d'Hauteserre qui , depuis l'arrivée de Laurence, l'étudiait avec la curiosité d'une mère au désespoir , se leva , la prit par le bras, l'emmena dans un coin et lui dit à voix basse :

—Les avez-vous vus ?

—Comment aurais-je laissé vos enfants venir sous notre toit sans que vous le sachiez ? répondit Laurence. Durieu , dit-elle , voyez s'il est possible de sauver ma Stella qui respire encore.

— Elle a fait beaucoup de chemin , dit Corentin.

—Quinze lieues en trois heures , répondit-elle au curé qui la regardait avec stupéfaction. Je suis sortie à neuf heures et demie. Oui... dix heures moins un quart , et je suis revenue à une heure bien passée.

Elle regarda la pendule, elle indiquait deux heures et demie.

—Ainsi, reprit Corentin, vous ne niez pas d'avoir fait une course de quinze lieues ?

—Non, dit-elle. J'avoue que mes cousins et messieurs de Simeuse, dans leur parfaite innocence, comptaient demander à ne pas être exceptés de l'amnistie, et revenaient à Cinq-Cygne. Aussi, quand j'ai pu croire que le sieur Malin voulait les envelopper dans quelque trahison, ai-je été les prévenir de retourner en Allemagne où ils seront avant que le télégraphe de Troyes les ait signalés à la frontière. Si c'est un crime, on me punira !

Cette réponse, profondément méditée par Laurence, et si probable dans toutes ses parties, ébranla les convictions de Corentin, que la jeune fille observait du coin de l'œil.

Dans cet instant si décisif, et quand toutes les âmes étaient en quelque sorte suspendues à ces deux visages, que tous les regards allaient de Corentin à Laurence et de Laurence à Corentin, le bruit d'un cheval au galop venant de la forêt retentit sur le chemin, et de la grille sur le pavé de la pelouse. Une affreuse anxiété se peignit sur tous les visages.

Peyrade entra l'œil brillant de joie, il
vint avec empressement à son collègue et
lui dit assez haut pour que la jeune fille
l'entendît :

— Nous tenons Michu !

Laurence, à qui l'angoisse, la fatigue
et la tension de toutes ses facultés intel-
lectuelles donnaient une couleur rose aux
joues, reprit sa pâleur ; elle tomba presque évanouie et comme foudroyée sur un
fauteuil.

La Durieu, mademoiselle Goujet et madame d'Hauteserre s'élancèrent auprès
d'elle : elle étouffait, elle indiqua par un

geste de couper les brandebourgs de son amazone.

—Ils vont sur Paris, dit Corentin à Peyrade. Changeons les ordres.

Ils sortirent en laissant un gendarme à la porte du salon. L'adresse infernale de ces deux hommes venait de remporter un horrible avantage dans ce duel en prenant Laurence au piège d'une de leurs ruses habituelles.

A six heures du matin, au petit jour, les deux agents revinrent.

Après avoir exploré le chemin creux, ils s'étaient assurés que les chevaux y avaient passé pour aller dans la forêt.

Ils attendaient les rapports du capitaine de gendarmerie chargé d'éclairer le pays. Tout en laissant le château cerné sous la surveillance d'un brigadier, ils allèrent pour déjeûner chez un cabaretier de Cinq-Cygne, mais après toutefois avoir donné l'ordre de mettre en liberté Gothard, qui n'avait cessé de répondre à toutes les questions par des torrents de pleurs, et Catherine, qui restait dans sa silencieuse immobilité.

Catherine et Gothard vinrent au salon, et baisèrent les mains de Laurence qui gisait étendue dans la bergère. Durieu vint annóncer que Stella ne mourrait pas; mais elle exigeait bien des soins.

Le maire, inquiet et curieux, rencontra Peyrade et Corentin dans le village. Il ne voulut pas souffrir que des employés supérieurs déjeûnassent dans un méchant cabaret : il les emmena chez lui. L'abbaye était à un quart de lieue.

Tout en cheminant, Peyrade remarqua que le brigadier d'Arcis n'avait fait parvenir aucune nouvelle de Michu, ni de Violette.

— Nous avons affaire à des gens de qualité, dit Corentin, ils sont plus forts que nous. Le prêtre y est pour quelque chose.

Au moment où madame Goulard faisait entrer les deux employés dans une vaste salle à manger, sans feu, le lieutenant de gendarmerie arriva, l'air assez affaré.

— Nous avons rencontré le cheval du brigadier d'Arcis dans la forêt, sans son maître, dit-il à Corentin.

— Lieutenant! s'écria le jeune homme, courez au pavillon de Michu, sachez ce qui s'y passe! Cet homme aura tué le brigadier.

Le lieutenant partit.

Cette nouvelle nuisit au déjeûner du

maire. Les Parisiens avalèrent tout avec une rapidité de chasseurs mangeant à une halte , et revinrent au château dans leur cabriolet d'osier attelé du cheval de poste, pour pouvoir se porter rapidement sur les points où leur présence serait nécessaire.

Quand ces deux hommes reparurent dans ce salon, où ils avaient jeté le trouble, l'effroi, la douleur et les plus cruelles anxiétés, ils y trouvèrent Laurence en robe de chambre, le gentilhomme et sa femme, l'abbé Goujet et sa sœur groupés autour du feu, tranquilles en apparence.

— Si l'on tenait Michu, s'était dit Laurence, on l'aurait amené. J'ai le chagrin de n'avoir pas été maîtresse de moi-même, de leur avoir donné des lumières ; mais tout peut se réparer.

— Serons-nous long-temps vos prisonniers ? leur demanda-t-elle d'un air railleur et dégagé.

— Comment sait-elle quelque chose de notre inquiétude sur Michu ? personne du dehors n'est entré dans le château, elle nous *gouaille !* se dirent les deux espions par un regard.

— Nous ne vous importunerons pas

long-temps encore, répondit Corentin; dans trois heures d'ici nous vous offrirons nos regrets d'avoir troublé votre solitude.

Personne ne répondit. Ce silence du mépris redoubla la rage inférieure de Corentin, sur le compte de qui le curé et Laurence, les deux intelligences de ce petit monde, s'étaient sans doute édifiés.

Gothard et Catherine mirent le couvert auprès du feu, pour le déjeûner auquel prirent part le curé et sa sœur. Les maîtres ni les domestiques ne firent aucune attention aux deux espions qui se promenaient dans le jardin, dans la cour, sur le chemin, et qui revenaient de temps en temps au salon.

A deux heures et demie, le lieutenant revint.

— J'ai trouvé le brigadier, dit-il à Corentin, étendu dans le chemin qui mène du pavillon à Cinq-Cygne à la ferme de Bellache, sans aucune blessure autre qu'une horrible contusion à la tête produite par sa chute. Il a été, dit-il, enlevé de dessus son cheval si rapidement, et jeté si violemment en arrière, qu'il ne peut expliquer de quelle manière cela s'est fait. Ses pieds ont quitté les étriers, sans cela il était mort, son cheval effrayé l'aurait traîné à travers champs. Nous l'avons confié à Michu et Violette...

— Comment! Michu se trouve à son pavillon? dit Corentin qui regarda Laurence.

La comtesse souriait d'un œil fin, en femme qui prenait sa revanche.

— En train d'achever avec Violette un marché qu'ils ont commencé hier au soir, reprit le lieutenant. Violette et Michu m'ont paru gris; mais il n'y a pas de quoi s'en étonner, ils ont bu pendant toute la nuit, et ne sont pas encore d'accord.

— Violette vous l'a dit? s'écria Corentin.

— Oui, dit le lieutenant.

— Ah! il faudrait tout faire soi-même, s'écria Peyrade en regardant Corentin qui se défiait tout autant que Peyrade de l'intelligence du lieutenant.

Le jeune homme répondit au vieillard par un signe de tête.

— A quelle heure êtes-vous arrivé au pavillon de Michu? dit Corentin en remarquant que mademoiselle de Cinq-Cygne avait regardé l'horloge sur la cheminée.

— A une heure et demie passée, dit le lieutenant.

Laurence couvrit d'un même regard

monsieur et madame d'Hauteserre, l'abbé
Goujet et sa sœur qui se crurent sous un
manteau d'azur. La joie du triomphe pé-
tillait dans ses yeux, elle rougit, et des
larmes roulèrent entre ses paupières.
Forte contre les plus grands malheurs,
cette jeune fille ne pouvait pleurer que
de plaisir. En ce moment elle fut sublime,
surtout pour le curé qui, presque chagrin
de la virilité du caractère de Laurence, y
aperçut alors l'excessive tendresse de la
femme ; mais cette sensibilité gisait, chez
elle, comme une profondeur infinie ca-
chée sous un bloc de granit.

En ce moment, un gendarme vint demander s'il fallait laisser entrer le fils de

Michu qui venait de chez son père pour parler aux messieurs de Paris.

Corentin répondit par un signe affirmatif.

François Michu, ce rusé petit chien qui chassait de race, était dans la cour. Gothard avait été mis en liberté. Ces deux gamins purent donc causer pendant un instant sous les yeux du gendarme, et le petit Michu s'acquitter d'une commission en glissant quelque chose dans la main de Gothard sans que le gendarme s'en aperçût.

Gothard se coula derrière François, et arriva jusquà mademoiselle de Cinq-Cygne

pour lui remettre innocemment son alliance entière. Laurence la baisa bien ar-
demment ! Elle comprit que Michu lui
disait, en la lui envoyant ainsi , que
les quatre gentilshommes étaient en sûreté.

— *M'n p'a* (mon papa) fait demander
où faut mettre *el brigadiais* qui ne va point
ben du tout ?

— De quoi se plaint - il ? dit Peyrade.

— *Eu d'la tâte, il s'a fiché* par *tare ben*
drument tout de même. Pour un *gindarme*, qui savions *montar à chevâlle*, c'est
du guignon, mais il aura buté ! Il a un

trou, oh ! gros comme le poing *darrière la tête*. Paraît qu'il a évu la chance d'timber sur un méchant caillou, pauvre homme ! Il a beau *ette* gindarme , *i souffe* tout de même, *qué çâ fâ* pitié.

Le capitaine de gendarmerie entra dans la cour, mit pied à terre, fit signe à Corentin qui se précipita vers la croisée en le reconnaissant, et l'ouvrit.

— Qu'y a-t-il ?

— Nous avons été ramenés comme des Hollandais ; on a trouvé cinq chevaux morts de fatigue, le poil hérissé de sueur, au beau milieu de la grande avenue de la forêt. Je les fais garder pour savoir d'où ils viennent et qui les a fournis. La forêt est cernée, ceux qui s'y trouvent n'en pourront pas sortir.

— A quelle heure croyez-vous qu'ils soient entrés dans la forêt?

— A midi et demi.

— Que pas un lièvre ne sorte de cette forêt qu'on ne le voie, lui dit Corentin à l'oreille. Je vous laisse ici Peyrade, et vais voir le pauvre brigadier. Restez chez le maire, et je vous enverrai un homme adroit pour vous relever, dit-il secrète-ment au Provençal. Il faudra nous servir des gens du pays; examinez-y toutes les figures.

Il se tourna vers la compagnie et dit :

— Au revoir! d'un ton effrayant.

Personne ne salua les agents qui sortirent.

— Que dira Fouché d'une visite domiciliaire sans résultat? s'écria Peyrade quand il aida Corentin à monter dans le cabriolet d'osier.

— Oh! tout n'est pas fini, répondit Corentin à l'oreille de Peyrade, car les gentilshommes doivent être dans la forêt.

Il montra Laurence, qui les regardait à travers les petits carreaux des grandes fenêtres du salon :

— J'en ai fait crever une qui la valait bien, et qui m'avait par trop échauffé la bile! Si elle retombe sous ma coupe, je lui paierai son coup de cravache.

— L'autre était une fille, et celle-là se trouve dans une position...

— Est-ce que je distingue? Tout est

poisson dans la mer, dit Corentin en faisant signe au gendarme qui le menait de fouetter le cheval de poste.

Dix minutes après, le château de Cinq-Cygne était entièrement et complètement évacué.

— Comment s'est-on défait de ce brigadier? dit Laurence à François Michu qu'elle avait fait asseoir et qu'elle faisait manger.

— Mon père et ma mère m'ont dit qu'il s'agissait de vie et de mort, que personne ne devait entrer chez nous. Donc, j'ai entendu, au mouvement des chevaux dans

la forêt, que j'avais affaire à des chiens
de gendarmes, et j'ai voulu les empêcher
d'entrer chez nous. J'ai pris de grosses
cordes que nous avons dans, notre grenier, je les ai attachées à l'un des arbres
qui se trouvent au débouché de chaque
chemin. Pour lors, j'ai tiré la corde à la
hauteur de la poitrine d'un cavalier, et je
l'ai serrée autour de l'arbre d'en face,
dans le chemin où j'ai entendu le galop
d'un cheval. Le chemin se trouvait barré.
L'affaire n'a pas manqué : il n'y avait plus
de lune, mon brigadier s'est fiché par
terre, mais il ne s'est pas tué. Que voulez-
vous? ça a la vie dure les gendarmes ! Enfin, on fait ce qu'on peut.

— Tu nous a sauvés! dit Laurence en embrassant François Michu qu'elle reconduisit jusqu'à la grille.

Là, ne voyant personne, elle lui dit dans l'oreille :

— Ont-ils des vivres ?

— Je leur viens de porter un pain de douze livres et quatre bouteilles de vin.

On se tiendra coi pendant six jours.

— Sauvés! dit Laurence pour toute réponse.

En revenant au salon, la jeune fille se

vit l'objet des muettes interrogations de monsieur et madame d'Hauteserre, de mademoiselle et de l'abbé Goulet, qui la regardaient avec admiration et anxiété.

— Mais vous les avez donc revus? s'écria madame d'Hauteserre.

La comtesse se mit un doigt sur les lèvres en souriant, et monta chez elle pour se coucher. Une fois le triomphe obtenu, ses fatigues l'écrasèrent.

XI

---◊◊◊---

REVANCHE DE LA POLICE.

XI.

Le chemin le plus court pour aller de
Cinq-Cygne au pavillon de Michu, était
celui qui menait de ce village à la ferme
de Bellache, et qui aboutissait au rond-
point où les espions avaient apparu la

veille à Michu. Aussi le gendarme qui conduisait Corentin suivit-il cette route que le brigadier d'Arcis avait prise.

Tout en allant, l'agent cherchait les moyens par lesquels un brigadier avait pu être désarçonné. Il se gourmandait de n'avoir envoyé qu'un seul homme sur un point si important, et il tirait de cette faute un axiome pour un Code de police qu'il faisait à son usage.

— Si l'on s'est débarrassé du gendarme, pensait-il, on se sera défait aussi de Violette. Les cinq chevaux morts ont évidemment ramené des environs de Paris dans la forêt, les quatre conspirateurs et Michu.

— Michu a-t-il un cheval? dit-il au gen. larme qui était de la brigade d'Arcis.

— Ah! et un fameux bidet, répondit le gendarme, un cheval de chasse qui vient des écuries du ci-devant marquis de Simeuse. Quoiqu'il ait bien quinze ans, il n'en est que meilleur. Michu lui fait faire vingt lieues, l'animal a le poil sec comme mon chapeau. Oh! il en a bien soin! il en a refusé de l'argent!

— Comment est son cheval?

— Une robe brune tirant sur le noir,

des taches blanches au dessus des sabots, maigre, tout nerfs, comme un cheval arabe.

— Tu as vu des chevaux arabes?

— Je suis revenu d'Égypte il y a un an, et j'ai monté deux chevaux de mamelucks. J'ai déjà onze ans de service dans la cavalerie, j'ai été sur le Rhin avec le général Steingel, de là en Italie, et j'ai suivi le Premier Consul en Égypte. Aussi vais-je passer brigadier.

— Quand je serai au pavillon de Michu, va donc à l'écurie, et si tu vis depuis onze ans avec les chevaux , tu dois savoir reconnaître quand un cheval a couru.

— Tenez, c'est là que notre brigadier a été jeté par terre , dit le gendarme en montrant l'endroit où le chemin débouchait au rond-point.

— Tu diras au capitaine de venir me prendre à ce pavillon, nous en irons ensemble à Troyes.

Corentin mit pied à terre et resta pendant quelques instants à observer le terrain. Il examina les deux ormes qui se trouvaient en face, l'un adossé au mur

du parc, l'autre sur le talus du rond-point
que coupait le chemin vicinal ; puis il vit,
ce que personne n'avait su voir, un bouton d'uniforme dans la poussière du chemin, et il le ramassa. En entrant dans le
pavillon, il aperçut Violette et Michu at-
tablés dans la cuisine et disputant toujours. Violette se leva, salua Corentin, et
lui offrit à boire.

— Merci, je voudrais voir le brigadier,
dit le jeune homme, qui, d'un regard, devina que Violette était gris depuis plus de
douze heures.

— Ma femme le garde en haut, dit Michu.

— Eh bien ! brigadier, comment allez-vous ? dit Corentin qui s'élança dans l'escalier, et qui trouva le gendarme couché sur le lit de madame Michu, la tête enveloppée d'une compresse.

Le chapeau, le sabre et le fourniment, étaient sur une chaise. Marthe, fidèle aux sentiments de la femme et ne sachant pas d'ailleurs la prouesse de son fils, gardait le brigadier en compagnie de sa mère.

— On attend le médecin et le chirurgien d'Arcis, dit madame Michu. Gaucher est allé les chercher.

— Laissez-nous pendant un moment,

dit Corentin assez surpris de ce spectacle
où éclatait l'innocence des deux femmes.

— Comment avez-vous été atteint? demanda-t-il en regardant l'uniforme.

— A la poitrine, dit le brigadier.

— Voyons votre buffleterie?

Sur la bande jaune bordée de liserés
blancs, qu'une loi récente avait donnée
à la gendarmerie dite *nationale*, en stipu-
lant les moindres détails de son uniforme,
se trouvait une plaque assez semblable à
la plaque actuelle des gardes-champêtres,
et où la loi avait enjoint de graver ces
singuliers mots : *Respect aux personnes et*

aux propriétés ! La corde avait porté néces-
sairement sur la buffleterie et l'avait vigoureusement machurée. Corentin prit
l'habit et regarda l'endroit où manquait
le bouton trouvé sur le chemin.

— A quelle heure vous a-t-on ramassé ?

— Mais au petit jour. ·

— Vous a-t-on monté sur-le-champ ici?
dit Corentin en remarquant l'état du lit
qui n'était pas défait.

— Oui.

— Qui vous y a monté?

— Les femmes et le petit Michu, qui m'a trouvé sans connaissance.

— Bon! ils ne se sont pas couchés! pensa Corentin. Le brigadier n'a été atteint ni par un coup de feu, ni par un coup de bâton, car son adversaire, pour le frapper, aurait dû se mettre à sa hauteur, et se fût trouvé à cheval : il n'a donc pu être désarmé que par un obstacle opposé à son passage. Une pièce de bois? pas possible ! Une chaîne en fer ? elle aurait laissé des marques. Qu'avez-vous senti ? dit-il tout haut au brigadier en venant l'examiner.

— J'ai été renversé si brusquement...

— Vous avez la peau écorchée sous le menton.

— Il me semble, répondit le brigadier, que j'ai eu la figure labourée par une corde...

— J'y suis, dit Corentin : on a tendu d'un arbre à l'autre une corde pour vous barrer le passage...

— Ça se pourrait bien, dit le brigadier.

Corentin descendit et entra dans la salle.

—Eh bien! vieux coquin, finissons-en!

disait Michu en parlant à Violette et regardant l'espion. Cent vingt mille francs du tout, et vous êtes le maître de mes terres. Je me ferai rentier.

— Je n'en ai, comme il n'y a qu'un Dieu, que soixante mille.

— Mais puisque je vous offre du terme pour le reste! Nous voilà pourtant depuis hier sans pouvoir finir ce marché-là ... Des terres de première qualité.

— Les terres sont bonnes, répondit Violette.

— Du vin ! ma femme, s'écria Michu.

— N'avez-vous donc pas assez bu? s'écria la mère de Marthe ; voilà la quatorzième bouteille depuis hier neuf heures...

— Vous êtes là depuis neuf heures ce matin? dit Corentin à Violette.

— Non, faites excuse. Depuis hier au soir, je n'ai pas quitté la place, et je n'ai rien gagné : plus il me fait boire, plus il me surfait ses biens.

— Dans les marchés, dit Corentin, qui hausse le coude hausse le prix.

Une douzaine de bouteilles vides,

rangées au bout de la table, attestaient le dire de la vieille. En ce moment, le gendarme fit signe du dehors à Corentin et lui dit à l'oreille, sur le pas de la porte : — Il n'y a point de cheval à l'écurie.

— Vous avez envoyé votre petit sur votre cheval à la ville, dit Corentin en rentrant; il ne peut tarder à revenir.

— Non, Monsieur, dit Marthe, il est à pied.

— Eh bien! qu'avez-vous fait de votre cheval?

— Je l'ai prêté, répondit Michu d'un ton sec.

— Venez ici, bon apôtre, fit Corentin en parlant au régisseur; j'ai deux mots à vous glisser dans le tuyau de l'oreille.

Corentin et Michu sortirent.

— La carabine que vous chargiez hier à quatre heures devait vous servir à tuer le conseiller d'État, Grévin, le notaire vous a vu; mais on ne peut pas vous pincer là dessus, il y a eu beaucoup d'intention, et peu de témoins. Vous avez, je ne sais comment, endormi Violette, et vous, votre femme, votre petit gars, vous avez passé la nuit dehors pour avertir mademoiselle de Cinq-Cygne de notre arrivée, faire sauver ses cousins, que vous avez amenés ici, je ne sais pas encore où. Votre fils ou votre femme ont jeté le brigadier par terre assez spirituellement. Enfin vous nous avez battus; vous êtes un fameux luron. Mais tout n'est pas dit, nous n'aurons pas le dernier. Voulez-vous transiger? vos maîtres y gagneront.

— Venez par ici, nous causerons sans pouvoir être entendus, dit Michu en emmenant l'espion dans le parc jusqu'à l'étang.

Quand Corentin vit la pièce d'eau, il regarda fixément Michu, qui comptait sans doute sur sa force pour jeter cet homme dans sept pieds de vase sous trois pieds d'eau. Michu répondit par un regard non moins fixe. Ce fut absolument comme si un boa flasque et froid eût défié un de ces roux et fauves jaguars du Brésil.

— Je n'ai pas soif, répondit le muscadin qui resta sur le bord de la prairie et mit la main dans sa poche de côté pour y prendre son petit poignard.

— Nous ne pouvons pas nous comprendre, dit Michu froidement.

— Tenez-vous sage, mon cher, la justice aura l'œil sur vous.

— Si elle n'y voit pas plus clair que vous, il y a du danger pour tout le monde, répondit le régisseur.

— Vous refusez? dit Corentin d'un ton expressif.

— J'aimerais mieux avoir cent fois le cou coupé, si l'on pouvait couper cent fois le cou à un homme, que de me trouver d'intelligence avec un drôle tel que toi.

Corentin remonta vivement en voiture après avoir toisé Michu, le pavillon et Couraut qui aboyait après lui.

Il donna quelques ordres en passant à Troyes, et revint à Paris.

Toutes les brigades de gendarmerie eurent une consigne et des instructions secrètes.

Pendant les mois de décembre, janvier et février, les recherches furent actives et incessantes dans les moindres villages. On écouta dans tous les cabarets.

Corentin apprit trois choses importantes : un cheval semblable à celui de Michu fut trouvé mort dans les environs de Lagny. Les cinq chevaux enterrés dans la forêt de Nodesme avaient été vendus cinq cents francs chaque, par des fermiers et des meuniers à un homme qui, d'après le signalement, devait être Michu.

Quand la loi sur les receleurs et les complices de Georges fut rendue, Corentin restreignit sa surveillance à la forêt de Nodesme. Puis quand Moreau , les royalistes et Pichegru furent arrêtés , on ne vit plus de figures étrangères dans le pays.

Michu perdit alors sa place. Le notaire d'Arcis lui apporta la lettre par laquelle le conseiller d'État, devenu sénateur , priait Grévin de recevoir les comptes du régisseur, et de le congédier.

En trois jours, Michu devint libre, il se fit donner un quitus en bonne forme ; et, au grand étonnement du pays , il alla vivre à Cinq-Cygne où Laurence le prit pour fermier de toutes les réserves du château. Le jour de son installation coïncida fatalement avec l'exécution du duc d'Enghien.

On apprit dans presque toute la France à la fois, l'arrestation, le jugement, la condamnation et la mort du prince, qui précéda le procès Polignac, Rivière et Moreau.

En attendant que la ferme destinée à Michu fût construite, il se logea dans les communs, au dessus des écuries, du côté de la fameuse brèche. Michu se procura deux chevaux, un pour lui et un pour son fils, car tous deux se joignirent à Gothard pour accompagner mademoiselle de Cinq-

Cygne dans toutes ses promenades qui avaient pour but, comme on le pense, de nourrir les quatre gentilshommes et de veiller à ce qu'ils ne manquassent de rien.

François et Gothard, aidés par Couraut et par les chiens de la comtesse, éclairaient les alentours de la cachette, et s'assuraient qu'il n'y avait personne aux environs.

Laurence et Michu apportaient les vivres que Marthe, sa mère et Catherine apprêtaient à l'insu des gens, afin de concentrer le secret, car aucun d'eux ne mettait en doute qu'il y eût des espions dans le village. Aussi, par prudence, cette expédition n'eut jamais lieu que deux fois par semaine et toujours à des heures différentes, tantôt le jour et tantôt la nuit. Ces précautions durèrent autant que le procès Rivière, Polignac et Moreau.

Quand le sénatus-consulte qui appelait à l'empire la famille Bonaparte et nommait Napoléon empereur fut soumis à l'acceptation du peuple français, monsieur d'Hauteserre signa sur le registre que vint lui présenter Goulard.

Enfin on apprit que le pape viendrait sacrer Napoléon.

Mademoiselle de Cinq-Cygne ne s'oppo-
sa plus dès lors à ce qu'une demande fût
adressée par les deux jeunes d'Hauteserre
et par ses cousins pour être rayés de la
liste des émigrés et reprendre leurs droits
de citoyens. Le bonhomme courut aussitôt à Paris et y alla voir le ci-devant marquis de Chargebœuf qui connaissait Barras.

Barras fit parvenir la pétition à Joséphine, et Joséphine la remit à son mari qu'on
nommait Empereur, Majesté, Sire, avant
de connaître le résultat du scrutin popu-
laire. Monsieur de Chargebœuf, monsieur
d'Hauteserre et l'abbé Goujet, qui vint aussi
à Paris, obtinrent une audience de Talley-

rand. Ce ministre leur promit son appui.

Déjà Napoléon avait fait grâce aux principaux acteurs de la grande conspiration royaliste dirigée contre lui ; mais, quoique les quatre gentilshommes ne fussent que soupçonnés, au sortir de la séance du Conseil d'État, l'empereur appela dans son cabinet le sénateur Malin, Fouché, Talleyrand, Cambacérès, Lebrun, et Dubois le préfet de police.

— Messieurs, dit le futur empereur qui conservait encore son costume de Premier Consul, nous avons reçu des

sieurs Simeuse et d'Hauteserre, officiers
de l'armée du prince de Condé, une demande pour être autorisés à rentrer en
France.

— Ils y sont, dit Fouché.

— Comme mille autres que je rencon-
tre dans Paris, répondit Talleyrand.

— Je crois, répondit Malin, que vous
n'avez point rencontré ceux-ci, car ils
sont cachés dans la forêt de Nodesme, et
s'y croient chez eux.

Il se garda bien de dire au Premier
Consul et à Fouché les paroles auxquelles

il avait dû la vie; mais, en s'appuyant des rapports faits par Corentin, il convainquit le Conseil de la participation des quatre gentilshommes au complot de messieurs de Rivière et de Polignac, en leur donnant Michu pour complice.

Le préfet de police confirma les assertions du sénateur.

— Mais comment ce régisseur aurait-il su que la conspiration était découverte, au moment où l'empereur, son conseil et moi, nous étions les seuls qui eussent ce secret? demanda le préfet de police.

Personne ne fit attention à la remarque de Dubois.

— S'ils sont cachés dans une forêt et que vous ne les ayez pas trouvés depuis sept mois, dit l'empereur à Fouché, ils ont bien expié leurs torts.

— Il suffit, dit Malin effrayé de la perspicacité du préfet de police, que ce soient mes ennemis pour que j'imite la conduite de Votre Majesté ; je demande donc leur radiation et me constitue leur avocat auprès d'elle.

— Ils seront moins dangereux pour vous, réintégrés qu'émigrés, car ils auront prêté serment aux constitutions de l'Empire et aux lois, dit Fouché.

— En quoi menacent-ils monsieur le sénateur? dit Napoléon.

Talleyrand s'entretint pendant quelque temps à voix basse avec l'empereur. La radiation et la réintégration de messieurs de Simeuse et d'Hauteserre parut alors accordée.

— Sire, dit Fouché, vous pourrez encore entendre parler de ces gens-là.

Talleyrand, sur les sollicitations du duc de Luynes, venait de donner, au nom de ces messieurs, leur foi de gentilhomme, mot qui exerçait des séductions sur Napoléon, qu'ils n'entreprendraient rien

contre l'empereur, et faisaient leur soumission sans arrière-pensée.

— Messieurs d'Hauteserre et de Simeuse ne veulent plus porter les armes
contre la France après les derniers évènements. Ils ont peu de sympathie pour
le gouvernement impérial, et sont de ces
gens que Votre Majesté devra conquérir ;
mais ils se contenteront de vivre sur le
sol français en obéissant aux lois, dit le
ministre.

Puis il mit sous les yeux de l'empereur une lettre qu'il avait reçue, et où
ces sentiments étaient exprimés.

— Ce qui est si franc doit être sincère, dit l'empereur en regardant Lebrun et Cambacérès. Avez-vous encore des objections? demanda-t-il à Fouché.

— Dans l'intérêt de Votre Majesté, répondit le futur ministre de la police générale, je demande à être chargé de transmettre à ces messieurs leur radiation *quand elle sera définitivement accordée*, dit-il à haute voix.

— Soit, dit Napoléon en trouvant une expression soucieuse dans le visage de Fouché.

Ce petit conseil fut levé sans que cette

affaire parût terminée ; mais il eut pour
résultat de mettre dans la mémoire de
Napoléon une note douteuse sur les quatre gentilshommes.

Monsieur d'Hauteserre, qui croyait au
succès, avait écrit une lettre où il annonçait cette bonne nouvelle.

Les habitants de Cinq-Cygne ne furent
donc pas étonnés de voir, à l'issue du déjeûner, Goulard qui vint dire à madame
d'Hauteserre et à Laurence qu'elles eussent à envoyer les quatre gentilshommes
à Troyes, où le préfet leur remettrait l'arrêté qui les réintégrait dans tous leurs
droits après leur prestation de serment

et leur adhésion aux lois de l'empire.

Laurence répondit au maire qu'elle ferait avertir ses cousins et messieurs d'Hauteserre.

— Ils ne sont donc pas ici? dit Goulard.

Madame d'Hauteserre regardait avec anxiété la jeune fille, qui sortit en laissant le maire dans le salon pour aller consulter Michu. Michu ne vit aucun inconvénient à délivrer immédiatement les émigrés. Laurence, Michu, son fils et Gothard partirent donc à cheval pour la forêt en emmenant un cheval de plus, car la comtesse

devait accompagner les quatre gentilshommes à Troyes et revenir avec eux.
Tous les gens qui apprirent cette bonne
nouvelle s'attroupèrent sur la pelouse
pour voir partir la joyeuse cavalcade.

Les quatre jeunes gens sortirent
de leur cachette, montèrent à cheval
sans être vus et prirent la route de Troyes,
accompagnés de mademoiselle de Cinq-
Cygne.

Michu, aidé par son fils et Gothard, re-
ferma l'entrée de la cave et tous trois revinrent à pied. En route, Michu se souvint
d'avoir laissé dans le caveau les couverts
et le gobelet d'argent qui servaient à ses
maîtres, il y retourna seul.

En arrivant sur le bord de la mare, il entendit des voix dans la cave, et alla directement vers l'entrée à travers les broussailles.

— Vous venez sans doute chercher votre argenterie? lui dit Peyrade en souriant et lui montrant son gros nez rouge dans le feuillage.

Sans savoir pourquoi, car enfin les jeunes gens étaient sauvés, Michu sentit à toutes ses articulations une douleur, tant fut vive chez lui la crainte d'une catastrophe à venir; néanmoins il s'avança et trouva Corentin sur l'escalier, un rat de cave à la main.

— Nous ne sommes pas méchants, dit-il à Michu, nous aurions pu pincer vos ci-devant depuis une semaine, mais nous les savions radiés... Vous êtes un rude gaillard! et vous nous avez donné trop de mal pour que nous ne satisfassions pas au moins notre curiosité.

— Je donnerais bien quelque chose, s'écria Michu, pour savoir comment et par qui nous avons été vendus...

— Si cela vous intrigue beaucoup, mon petit, dit en souriant Peyrade, regardez les fers de vos chevaux, et vous verrez que vous vous êtes trahis vous-mêmes.

— Sans rancune, dit Corentin en faisant signe au capitaine de gendarmerie de venir avec les chevaux.

— Ce misérabbe ouvrier parisien, qui ferrait si bien les chevaux à l'anglaise et qui a quitté Cinq-Cygne, était un des leurs, s'écria Michu. Il leur a suffi de faire econnaître et suivre sur le terrain, quand il a fait humide, par un des leurs déguisé en fagotteur, en braconnier, les pas de nos chevaux ferrés avec quelques cram-pons. Nous sommes quittes.

Michu se consola bientôt en pensant que la découverte de cette cachette était maintenant sans danger, puisque les gentilshommes redevenaient Français , et avaient recouvré leur liberté.

Cependant, il avait raison dans tous ses pressentiments : la police et les jésuites ont la vertu de ne jamais abandonner ni leurs ennemis ni leurs amis.

XII

---◦◦---

UN DOUBLE ET MÊME AMOUR.

XII.

Quelques instants après le départ de
Laurence , le bonhomme d'Hauteserre
revint de Paris, et fut assez étonné de ne
pas avoir été le premier à donner la bonne
nouvelle. Durieu préparait le plus succu-
lent des dîners.

Les gens s'habillaient, et l'on attendait avec impatience les proscrits, qui, vers quatre heures, arrivèrent à la fois joyeux et humiliés : ils étaient pour deux ans sous la surveillance de la haute-police, obligés de se présenter tous les mois à la préfecture, et tenus de demeurer pendant ces deux années dans la commune de Cinq-Cygne.

— Je vous enverrai à signer le registre, leur avait dit le préfet. Puis, dans quelques mois, vous demanderez la suppression de ces conditions, imposées d'ailleurs à tous les complices de Pichegru. J'appuierai votre demande.

Ces restrictions assez méritées attristè-
rent un peu les quatre émigrés. Laurence
se mit à rire.

— L'empereur des Français, dit-elle,
est un homme assez mal élevé , qui n'a
pas encore l'habitude de faire grâce.

Les gentilshommes trouvèrent à la
grille tous les habitants du château , et
sur le chemin une bonne partie des gens
du village, venus pour voir ces jeunes
gens que leurs aventures avaient rendus
fameux dans le département.

Madame d'Hauteserre tint ses fils long-
temps embrassés et montra un visage

couvert de larmes ; elle ne put rien dire, et resta saisie mais heureuse pendant une partie de la soirée.

Dès que les jumeaux de Simeuse se montrèrent et descendirent de cheval, il y eut un cri général de surprise, causé par leur étonnante ressemblance : même regard, même voix, mêmes façons.

L'un et l'autre, ils firent exactement le même geste en se levant sur leur selle, en passant la jambe au dessus de la croupe du cheval pour le quitter, et en jetant les guides par un mouvement pareil. Leur mise, absolument la même, aidait encore à les prendre pour de véritables menechmes. Ils portaient des bottes à la Suwaroff façonnées au coude-pied, des pantalons collant en peau blanche, des vestes de chasse vertes à boutons de métal, des cravates noires et des gants de daim.

Ces deux jeunes gens, alors âgés de trente et un ans, étaient, selon une expression de ces temps, de charmants cavaliers.

De taille moyenne mais bien prise, ils avaient les yeux vifs, ornés de longs cils et nageant dans un fluide comme ceux des enfants, des cheveux noirs, de beaux fronts et un teint d'une blancheur olivâtre. Leur parler, doux comme celui des femmes, tombait grâcieusement de leurs belles lèvres rouges. Leurs manières, plus élégantes et polies que celles des gentils-hommes de province, annonçaient que la connaissance des hommes et des choses leur avait donné cette seconde éducation, plus précieuse encore que la première, et qui rend les hommes accomplis. Grâce à Michu, l'argent ne leur ayant pas manqué durant leur émigration, ils avaient pu voyager et furent bien accueillis dans les cours étrangères. Le vieux gentil-homme et l'abbé leur trouvèrent un peu de hauteur; mais, dans leur situation, peut-être était-ce l'effet d'un beau carac-tère. Ils possédaient les éminentes petites choses d'une éducation soignée, et dé-

ployaient une adresse supérieure à tous
les exercices du corps.

La seule dissemblance qui pût les faire
remarquer existait dans les idées. Le cadet charmait autant par sa gaîté, que l'aîné par sa mélancolie ; mais ce contraste,
purement moral, ne pouvait s'apercevoir
qu'après une longue intimité.

— Eh bien ! ma fille, dit Michu à l'o-
reille de Marthe, comment ne pas se dé-
vouer à ces deux garçons-là ?

Marthe, qui admirait et comme femme
et comme mère les jumeaux, fit un joli

signe de tête à son mari, en lui serrant la main.

Les Durieu demandèrent la permission d'embrasser leurs nouveaux maîtres.

Pendant les sept mois de réclusion à laquelle les quatre jeunes gens s'étaient condamnés, ils commirent plusieurs fois l'imprudence assez nécessaire de quelques promenades surveillées, d'ailleurs, par Michu, son fils et Gothard. Durant ces promenades, éclairées par de belles nuits, Laurence, en rejoignant au présent le passé de leur vie commune, avait senti l'impossibilité de choisir entre les deux frères. Un amour égal et pur pour les jumeaux lui partageait le cœur. Elle croyait avoir deux cœurs. De leur côté, les deux Paul n'avaient point osé se parler de leur imminente rivalité. Peut-être s'en étaient-ils déjà tous trois remis au hasard? La situation d'esprit où elle était agit sans doute sur Laurence, car après un moment d'hésitation visible, elle donna le bras aux deux frères pour entrer au salon, et fut suivie de monsieur et madame d'Hauteserre, qui tenaient et questionnaient leurs fils. En ce moment, tous les gens crièrent : Vive les Cinq-Cygne et les Simeuse !

Laurence se retourna, toujours entre

les deux frères, et fit un charmant geste pour remercier.

Après les premiers épanchements, quand ces neuf personnes arrivèrent à s'observer; car, dans toute réunion, même au cœur de la famille, il arrive toujours un moment où l'on s'observe après de longues absences ; au premier regard qu'Adrien d'Hauteserre jeta sur Laurence, et qui fut surpris par sa mère et par l'abbé Goujet, il leur sembla que ce jeune homme aimait la comtesse.

Adrien, le cadet des d'Hauteserre, avait une âme tendre et douce. Chez lui, le cœur était resté adolescent, malgré les catastrophes qui venaient d'éprouver l'homme. Semblable en ceci à beaucoup de militaires chez qui la continuité des périls laisse l'âme vierge, il se sentait oppressé par les belles timidités de la jeunesse. Aussi différait-il entièrement de son frère, homme d'aspect brutal, grand chasseur, militaire intrépide, plein de résolution, mais matériel et sans agilité d'intelligence comme sans délicatesse dans les choses du cœur. L'un était tout âme, l'autre était tout action; cependant ils possédaient l'un et l'autre au même degré l'honneur qui suffit à la vie des gentilshommes. Brun, petit, maigre et sec, Adrien d'Hauteserre avait néanmoins une grande apparence de force; tandis que

son frère, de haute taille, pâle et blond ,
paraissait faible. Adrien, d'un tempéra-
ment nerveux, était fort par l'âme ; Robert ,quoique lymphatique, se plaisait à
prouver sa force purement corporelle.

Les familles offrent de ces bizarreries
dont les causes pourraient avoir de l'intérêt ; mais il ne peut en être question ici
que pour expliquer comment Adrien ne
devait pas rencontrer un rival dans son
frère. Robert eut pour Laurence l'affection d'un parent, et le respect d'un noble
pour une jeune fille de sa caste. Sous le
rapport des sentiments, l'aîné des d'Hauteserre appartenait à cette secte d'hommes qui considèrent la femme comme dé-

pendante de l'homme, en restreignant au physique son droit de maternité, lui voulant beaucoup de perfections et ne lui en tenant aucun compte. Selon eux, admettre la femme dans la Société, dans la Politique, dans la Famille, est un bouleversement social.

· Nous sommes aujourd'hui si loin de cette vieille opinion des peuples primitifs, que presque toutes les femmes, même celles qui ne veulent pas de la liberté funeste offerte par les nouvelles sectes, pourront s'en choquer; mais Robert d'Hauteserre avait le malheur de penser ainsi. Robert était l'homme du moyen-âge, le cadet était un homme d'aujourd'hui. Ces différences, au lieu d'empêcher l'affection, l'avaient au contraire resserrée entre les deux frères.

Dès la première soirée, ces nuances furent saisies et appréciées par le curé, par mademoiselle Goujet et madame d'Hauteserre, qui, tout en faisant leur boston, aperçurent déjà des difficultés dans l'avenir.

A vingt-trois ans, après les réflexions de la solitude et les angoisses d'une vaste entreprise manquée, Laurence, redevenue femme, éprouvait un immense besoin d'affection; elle déploya toutes les grâces de son esprit, et fut charmante. Elle révéla les charmes de sa tendresse avec la naïveté d'une enfant de quinze ans.

Durant ces treize dernières années, Laurence n'avait été femme que par la souffrance, elle voulut se dédommager : elle se montra donc aussi aimante et coquette, qu'elle avait été jusque là grande et forte. Aussi, les quatre vieillards qui restèrent les derniers au salon furent-ils assez inquiétés par la nouvelle attitude de cette délicieuse créature.

Quelle force n'aurait pas la passion chez une fille de ce caractère et de cette noblesse? Les deux frères aimaient également la même femme et avec une aveugle tendresse ; qui des deux, Laurence choisirait-elle? En choisir un, n'était-ce pas tuer l'autre ?

Comtesse de son chef, elle apportait à son mari un titre et de beaux privilèges , une longue illustration ; peut-être en pensant à ces avantages, le marquis de Simeuse se sacrifierait-il pour faire épouser Laurence à son frère, qui, selon les vieilles lois, était pauvre et sans titre. Mais le cadet voudrait-il priver son frère d'un aussi grand bonheur que celui d'avoir Laurence pour femme?

De loin, ce combat d'amour avait eu peu d'inconvénients; et d'ailleurs, tant que les deux frères coururent des dangers, le hasard des combats pouvait trancher cette difficulté ; mais qu'allait-il advenir de leur réunion ? Quand Marie-Paul et Paul-Marie, arrivés l'un et l'autre à l'âge où les passions sévissent de toute leur force, se partageraient les regards, les expressions, les attentions, les paroles de leur cousine, ne se déclarerait-il pas entre eux une jalousie dont les suites pouvaient être horribles ? Que deviendrait la belle existence égale et simultanée des jumeaux ?

A ces suppositions, jetées une à une, par chacun, pendant la dernière partie, madame d'Hauteserre répondit qu'elle ne croyait pas que Laurence épouserait un de ses cousins. La vieille dame avait éprouvé durant la soirée un de ces pressentiments inexplicables, qui sont un secret entre les mères et Dieu.

Laurence, dans son for intérieur, n'était pas moins effrayée de se voir en tête à tête avec ses cousins. Au drame animé de la conspiration, aux dangers que coururent les deux frères, aux malheurs de leur émigration, succédait un drame auquel elle n'avait jamais songé.

Cette noble fille ne pouvait pas recourir au moyen violent de n'épouser ni l'un ni l'autre des jumeaux : elle était trop

honnête femme pour se marier en gardant une passion irrésistible au fond de
son cœur. Rester fille et lasser ses deux
cousins en ne se décidant pas, et prendre
pour mari celui qui lui serait fidèle malgré
ses caprices, fut une décision moins cher-
chée qu'entrevue.

En s'endormant, elle se dit que le plus
sage était de se laisser aller au hasard.
Le hasard est, en amour, la providence
des femmes.

Le lendemain matin, Michu partit pour
Paris, d'où il revint quelques jours après
avec quatre beaux chevaux pour ses nouveaux maîtres. Dans six semaines, la

chasse devait s'ouvrir, et la jeune comtesse avait sagement pensé que les violentes distractions de cet exercice seraient un secours contre les difficultés du tête à tête au château.

Il arriva d'abord un effet imprévu qui surprit les témoins de ces étranges amours, en excitant leur admiration. Sans aucune convention méditée, les deux frères rivalisèrent auprès de leur cousine de soins et de tendresse, en y trouvant un plaisir d'âme qui sembla leur suffire. Entre eux et Laurence, la vie fut aussi fraternelle qu'entre eux deux.

Rien de plus naturel. Après une si longue absence, ils sentaient la nécessité d'étudier leur cousine, de la bien connaître, et se bien faire connaître à elle l'un et l'autre en lui laissant le droit de choisir, soutenus dans cette épreuve par cette mutuelle affection qui faisait de leur double vie une même vie.

L'amour de même que la maternité ne savait pas distinguer entre les deux frères. Laurence fut obligée pour les reconnaître et ne pas se tromper de leur donner des cravates différentes, une blanche à l'aîné, une noire pour le cadet. Sans cette parfaite ressemblance, sans cette identité de vie à laquelle tout le monde se trom-

pait, une pareille situation paraîtrait jus-
tement impossible.

Elle n'est même explicable que par le
fait, qui est un de ceux auxquels on ne
croit qu'en le voyant ; et quand on les a
vus, l'esprit est plus embarrassé de se les
expliquer, qu'il ne l'était d'avoir à les
croire.

Laurence parlait-elle? sa voix retentis-
sait de la même manière dans deux cœurs
également aimants et fidèles. Exprimait-
elle une idée ingénieuse, plaisante ou
belle? son regard rencontrait le plaisir
exprimé par deux regards qui la suivaient
dans tous ses mouvements, interprêtaient

ses moindres désirs et lui souriaient toujours avec de nouvelles expressions, gaies
chez l'un, tendrement mélancoliques chez
l'autre.

Quand il s'agissait de leur maîtresse,
les deux frères avaient de ces admirables
prime-saults du cœur en harmonie avec
l'action, et qui, selon l'abbé Goujet, arrivaient au sublime. Ainsi, souvent s'il fallait aller chercher quelque chose, s'il était
question d'un de ces petits soins que les
hommes aiment tant à rendre à une
femme aimée, l'aîné laissait le plaisir de
s'en acquitter à son cadet, en reportant
sur sa cousine un regard à la fois tou-
chant et fier. Le cadet mettait de l'orgueil

à payer ces sortes de dettes. Ce combat de noblesse dans un sentiment où l'homme arrive jusqu'à la jalouse férocité de l'animal confondait toutes les idées des vieilles gens qui le contemplaient.

Ces menus détails attiraient souvent des larmes dans les yeux de la comtesse.

Une seule sensation, mais qui peut-être est immense chez certaines organisation privilégiées, peut donner une idée des émotions de Laurence : on les comprendra par le souvenir de l'accord parfait de deux belles voix comme celles de la Sontag et de la Malibran dans quelque harmonieux duo, par l'unisson complet de deux instruments que manient des exécutants de génie , et dont les sons mélodieux entrent dans l'âme comme les soupirs d'un seul être passionné.

Quelquefois, en voyant le marquis de Simeuse plongé dans un fauteuil jeter un regard profond et mélancolique sur son frère qui causait et riait avec Laurence, le curé le croyait capable d'un immense sacrifice; mais il surprenait bientôt dans ses yeux l'éclair de la passion invincible.

Chaque fois qu'un des jumeaux se trouvait seul avec Laurence, il pouvait se croire exclusivement aimé.

— Il me semble alors qu'ils ne sont plus qu'un , disait-elle à l'abbé Goujet qui la questionnait sur l'état de son cœur.

Le prêtre reconnut chez elle un manque total de coquetterie. Laurence ne se croyait réellement pas aimée par deux hommes.

— Mais, chère petite, lui dit un soir madame d'Hauteserre , dont le fils se mourait silencieusement d'amour pour Laurence, il faudra cependant bien choisir !

— Laissez-nous être heureux, répondit-elle. Dieu nous sauvera de nous-mêmes !

Adrien d'Hauteserre cachait au fond de son cœur une jalousie qui le dévorait , et gardait le secret sur ses tortures, en comprenant combien il avait peu d'espoir. Il se contentait du bonheur de voir cette charmante personne qui , pendant dix-huit mois que dura cette lutte, brilla de tout son éclat.

En effet, Laurence, devenue coquette , eut alors tous les soins que les femmes aimées prennent d'elles-mêmes. Elle suivait les modes et courut plus d'une fois à Paris pour paraître plus belle avec des chiffons ou quelque nouveauté.

Enfin , pour donner à ses cousins les

moindres jouissances du chez soi, desquelles ils avaient été sevrés pendant si long-temps, elle fit de son château, malgré les hauts cris de son tuteur, l'habitation la plus complètement confortable qu'il y eût alors dans la Champagne.

Robert d'Hauteserre ne comprenait rien à ce drame sourd. Il ne s'apercevait pas de l'amour de son frère pour Laurence. Quant à la jeune fille, il aimait à la railler sur sa coquetterie, car il confondait ce détestable défaut avec le désir de plaire; mais il se trompait ainsi sur toutes les choses de sentiment, de goût, ou de haute instruction. Aussi, quand l'homme du moyen-âge se mettait en scène, Laurence en faisait-elle aussitôt, à son insu, le *niais* du drame ; elle égayait ses cousins en discutant avec Robert, en l'amenant à petits pas au beau milieu des marécages où s'enfoncent la bêtise et l'ignorance. Elle excellait à ces mystifications spirituelles qui, pour être parfaites, doivent laisser la victime heureuse.

Cependant, quelque grossière que fût sa nature, Robert, durant cette belle époque, la seule heureuse que devaient connaître ces trois êtres charmants, n'intervint jamais entre les Simeuse et Laurence par une parole virile qui peut-être eût décidé la question. Il fut frappé de la sincérité des deux frères.

Robert devina sans doute combien une femme pouvait trembler d'accorder à l'un des témoignages de tendresse que l'autre n'eût pas eus ou qui l'eussent chagriné ; combien l'un des frères était heureux de ce qui advenait de bien à l'autre, et combien il en pouvait souffrir au fond de son cœur. Ce respect de Robert explique admirablement cette situation qui, certes, aurait obtenu des privilèges dans les temps de foi où le souverain pontife avait le pouvoir d'intervenir pour trancher le nœud gordien de ces rares phénomènes, voisins des mystères les plus impénétrables.

La Révolution avait retrempé ces cœurs

dans la foi catholique; ainsi la religion rendait cette crise plus terrible encore, car la grandeur des caractères augmente la grandeur des situations. Aussi monsieur et madame d'Hauteserre, ni le curé, ni sa sœur, n'attendaient-ils rien de vulgaire des deux frères ou de Laurence.

Ce drame, qui resta mystérieusement enfermé dans les limites de la famille où chacun l'observait en silence, eut un cours si rapide et si lent à la fois; il comportait tant de jouissances inespérées, de petits combats, de préférences déçues, d'espoirs renversés, d'attentes cruelles, de remises au lendemain pour s'expliquer, de déclarations muettes, que les habitants de Cinq-

Cygne ne firent aucune attention au cou-
ronnement de l'empereur Napoléon.

Ces passions faisaient d'ailleurs trève
en cherchant une distraction violente dans
les plaisirs de la chasse qui, en fatiguant
excessivement le corps, ôtent à l'âme les
occasions de voyager dans les dangereuses
steppes de la rêverie. Ni Laurence ni ses
cousins ne songeaient aux affaires, car
chaque jour avait un intérêt palpitant.

— En vérité, dit un soir mademoiselle
Goujet, je ne sais pas qui de tous ces
amants aime le plus?

Adrien se trouvait seul au salon avec

es quatre joueurs de boston ; il leva les yeux sur eux et devint pâle.

Depuis quelques jours, il n'était plus retenu dans la vie que par le plaisir de voir Laurence et de l'entendre parler.

— Je crois, dit le curé, que la comtesse, en sa qualité de femme, aime avec beaucoup plus d'abandon.

Laurence, les deux frères et Robert revinrent quelques instants après. Les journaux venaient d'arriver.

En voyant l'inefficacité des conspirations tentées à l'intérieur, l'Angleterre armait l'Europe contre la France.

Le désastre de Trafalgar avait renversé l'un des plans les plus extraordinaires que le génie humain ait inventés, et par lequel l'empereur eût payé son élection à la France avec les ruines de la puissance anglaise. En ce moment, le camp de Boulogne était levé. Napoléon, dont les soldats étaient inférieurs en nombre comme toujours, allait livrer bataille à l'Europe sur des champs où il n'avait pas encore paru. Le monde entier se préoccupait du dénoûment de cette campagne.

—Oh! cette fois, il succombera, dit

Robert en achevant la lecture du journal.

—Il a sur les bras toutes les forces de l'Autriche et de la Russie, dit Marie-Paul.

— Et il n'a jamais manœuvré en Allemagne, ajouta Paul-Marie.

— De qui parlez-vous? demanda Laurence.

— De l'Empereur, répondirent les trois gentilshommes.

Laurence jeta sur ses deux amants un regard de dédain qui les humilia, mais qui ravit Adrien. Le dédaigné fit un geste d'admiration, et il eut un regard plein d'orgueil où il disait assez qu'il ne pensait plus qu'à Laurence.

— Vous le voyez? l'amour lui a fait oublier sa haine, dit l'abbé Goujet à voix basse.

Ce fut le premier, le dernier, l'unique reproche que les deux frères encoururent; mais, en ce moment, ils se trouvèrent inférieurs en amour à leur cousine qui, deux mois après, n'apprit l'étonnant triomphant d'Austerlitz que par la discussion que le bonhomme d'Hauteserre eut avec ses deux fils.

Fidèle à son plan, le vieillard voulait que ses enfants demandassent à servir : ils seraient sans doute employés dans leurs grades, et pourraient encore faire une belle fortune militaire. Le parti du royalisme pur était devenu fort à Cinq-Cygne : les quatre gentilshommes et Laurence se moquèrent du prudent vieillard, qui semblait flairer les malheurs dans l'avenir.

La prudence est peut-être moins une vertu que l'exercice d'un *sens* de l'esprit, s'il est possible d'accoupler ces deux mots ; mais un jour viendra sans doute, où les physiologistes et les philosophes

admettront que les sens sont en quelque
sorte la gaîne d'une vive et pénétrante action qui procède de l'esprit.

XIII

UN BON CONSEIL.

XIII.

Après la conclusion de la paix entre la France et l'Autriche, vers la fin du mois de février 1806, un parent, qui, lors de la demande en radiation, s'était employé pour messieurs de Simeuse, et devait plus tard leur donner de grandes preuves d'attachement, le ci-devant marquis de Chargebœuf, dont les propriétés s'étendent de Seine-et-Marne dans l'Aube, arriva de sa terre à Cinq-Cygne, dans une espèce de calèche que, dans ce temps, on nommait berlingot.

Quand cette pauvre voiture enfila le petit pavé, les habitants du château, qui déjeûnaient, eurent un accès de rire; mais, en reconnaissant la tête chauve du vieillard, qui sortit entre les deux rideaux de cuir du berlingot, monsieur d'Hauteserre le nomma, et tous levèrent le siège pour aller au devant du chef de la maison de Chargebœuf.

— Nous avons le tort de nous laisser prévenir, dit le marquis de Simeuse à son frère et aux d'Hauteserre, nous devions le remercier.

Un domestique, vêtu en paysan, qui conduisait de dessus un siège attenant à la caisse, planta dans un tuyau de cuir grossier un fouet de charretier, et vint aider le marquis à descendre; mais Adrien et le cadet de Simeuse le prévinrent, défirent la portière qui s'accrochait à des boutons de cuivre, et sortirent le bonhomme malgré ses réclamations. Il avait la prétention de donner son berlingot jaune, à portière en cuir, pour une voiture excellente et commode.

Le domestique, aidé par Gothard, dételait déjà les deux bons gros chevaux à croupe luisante, et qui servaient sans doute autant à des travaux agricoles qu'à la voiture.

— Malgré le froid? lui dit Laurence en lui prenant le bras et l'emmenant au salon; mais vous êtes un preux des anciens jours.

— Ce n'est pas à vous à venir voir un vieux bonhomme comme moi, dit-il avec finesse en adressant ainsi des reproches à ses jeunes parents.

— Pourquoi vient-il? se demandait le bonhomme d'Hauteserre.

Monsieur de Chargebœuf, joli vieillard de soixante-sept ans, en culotte pâle, à petites jambes frêles et vêtues de bas chinés, portait un crapaud, de la poudre et des aîles de pigeon. Son habit de chasse, en drap vert, à boutons d'or, était orné de brandebourgs en or. Son gilet blanc éblouissait par d'énormes broderies en or.

Cet attirail, encore à la mode parmi les vieilles gens, seyait à sa figure, assez semblable à celle du grand Frédéric. Il ne mettait jamais son tricorne pour ne pas détruire l'effet de la demi lune dessinée sur son crâne par une couche de poudre. Il s'appuyait la main droite sur une canne à bec-à-corbin, en tenant à la fois et sa canne et son chapeau par un geste digne de Louis XIV.

Ce digne vieillard se débarrassa d'une douillette en soie et se plongea dans un fauteuil, en gardant entre ses jambes son tricorne et sa canne, par une pose dont le secret n'a jamais appartenu qu'aux roués de la cour de Louis XV, et qui laissait les mains libres de jouer avec la tabatière, bijou toujours précieux. Aussi le marquis tira-t-il de la poche de son gilet qui se fermait par une garde brodée en arabesque d'or une riche tabatière.

Tout en préparant sa prise et offrant du

tabac à la ronde par un autre geste charmant, accompagné de regards affectueux,
il remarqua le plaisir que causait sa visite. Il parut alors comprendre pourquoi
les jeunes émigrés avaient manqué à
leur devoir envers lui. Il eut l'air de se
dire :

— Quand on fait l'amour, on ne fait
pas de visite.

— Nous vous garderons quelques jours,
lui dit Laurence.

— C'est la chose impossible, répondit-
il. Si nous n'étions pas si séparés par les
évènements, car vous avez franchi de

plus grandes distances que celles qui nous éloignent les uns des autres, vous sauriez, chère enfant, que j'ai des filles, des belles-filles, des petites-filles, des petits-enfants. Tout ce monde serait inquiet de ne pas me voir ce soir, et j'ai dix-huit lieues à faire.

— Vous avez de bien bons chevaux, dit le marquis de Simeuse.

— Oh! je viens de Troyes où j'avais affaire hier.

Après les demandes voulues sur la famille, sur la marquise de Chargebœuf et sur ces choses réellement indifférentes

auxquelles la politesse veut qu'on s'inté-
resse vivement, il parut à monsieur
d'Hauteserre que monsieur de Chargebœuf
venait engager ses jeunes parents à ne
commettre aucune imprudence. Selon
lui, les temps étaient bien changés, et
personne ne pouvait plus savoir ce que
deviendrait l'Empereur.

— Oh! dit Laurence, il deviendra
Dieu.

Le bon vieillard parla de concessions à
faire. En entendant exprimer la nécessité
de se soumettre, avec beaucoup plus d'as-
surance et d'autorité qu'il n'en mettait à
toutes ses doctrines, monsieur d'Haute-

serre regarda ses fils d'un air presque suppliant.

— Vous serviriez cet homme-là? dit le marquis de Simeuse au marquis de Chargebœuf.

— Mais oui, s'il le fallait dans l'intérêt de ma famille.

Enfin le vieillard fit entrevoir, mais vaguement, des dangers lointains.

Quand Laurence le somma de s'expliquer, il engagea les quatre gentilshommes à ne plus chasser et à se tenir chez eux.

— Vous regardez toujours les domaines de Gondreville comme à vous, dit-il à messieurs de Simeuse, vous ravivez ainsi une haine terrible. Je vois, à votre étonnement, que vous ignorez qu'il existe contre vous de mauvais vouloirs à Troyes, où l'on se souvient de votre courage. Personne ne se gêne pour raconter comment vous avez échappé aux recherches de la police générale de l'empire, les uns en vous louant, les autres en vous regardant comme les ennemis de l'Empereur. Quelques séides s'étonnent de la clémence de Napoléon envers vous. Ceci n'est rien.

Vous avez joué des gens qui se croyaient plus fins que vous, et les gens de bas étage ne pardonnent jamais. Tôt ou tard, la

justice, qui dans votre département procède de votre ennemi le sénateur Malin,
car il a placé partout ses créatures, même
les officiers ministériels, sa justice donc
sera très-contente de vous trouver enga-
gés dans une mauvaise affaire. Un paysan
vous cherchera querelle sur son champ
quand vous y serez, vous aurez des armes
chargées, vous êtes vifs, un malheur est
alors bientôt arrivé. Dans votre position,
il faut avoir cent fois raison pour ne pas
avoir tort.

Je ne vous parle pas ainsi sans raison.
La police surveille toujours l'arrondissement où vous êtes et maintient un commissaire dans ce petit trou d'Arcis, exprès

pour protéger le sénateur de l'Empire contre vos entreprises. Il a peur de vous, et il le dit.

— Mais il nous calomnie! s'écria le cadet de Simeuse.

— Il vous calomnie! je le crois, moi! Mais que croit le public? voilà l'important. Michu a mis en joue le sénateur qui ne l'a pas oublié. Depuis votre retour, la comtesse a pris Michu chez elle. Pour bien des gens, et pour la majeure partie du public, Malin a donc raison. Vous ignorez combien la position des émigrés est délicate en face de ceux qui se trouvent posséder leurs biens. Le préfet, homme d'esprit, m'a touché deux mots de vous, hier, qui m'ont inquiété. Enfin, je ne voudrais pas vous voir ici.....

Cette réponse fut accueillie par une profonde stupéfaction. Marie-Paul sonna vivement.

— Gothard, dit-il au petit bonhomme qui vint, allez chercher Michu.

L'ancien régisseur de Gondreville ne se fit pas attendre.

— Michu, mon ami, dit le marquis de Simeuse, est-il vrai que tu aies voulu tuer Malin?

— Oui, monsieur le marquis, et quand il reviendra, je le guetterai.

— Sais-tu que nous sommes soupçonnés de t'avoir aposté, que notre cousine, en te prenant pour fermier, est accusée d'avoir trempé dans ton dessein?

— Bonté du ciel ! s'écria Michu, mais je suis donc maudit !

— Non, mon garçon, non, reprit Paul-Marie, mais il va falloir quitter le pays et notre service, nous aurons soin de toi; nous te mettrons en position d'augmenter ta fortune. Vends tout ce que tu possèdes ici, réalise tes fonds, nous t'enverrons à

Trieste chez un de nos amis qui a de vastes relations, et qui t'emploiera très-utilement jusqu'à ce qu'il fasse meilleur ici pour nous tous.

Des larmes vinrent aux yeux de Michu qui resta cloué sur la feuille du parquet où il était.

— Y avait-il des témoins, quand tu t'es embusqué pour tirer sur Malin? demanda le marquis de Chargebœuf.

— Grévin le notaire causait avec lui, c'est ce qui m'a empêché de le tuer, et bien heureusement! Mademoiselle sait le pourquoi, dit Michu en regardant sa maîtresse.

— Ce Grévin n'est pas le seul à le savoir?
dit monsieur de Chargebœuf qui parut
contrarié de cet interrogatoire.

— Cet espion qui, dans le temps, est
venu pour entortiller mes maîtres, le savait aussi, répondit Michu.

Monsieur de Chargebœuf se leva comme
pour regarder les jardins, et dit :

—Mais vous avez bien tiré parti de Cinq-
Cygne?

Il sortit suivi par les deux frères et par
Laurence, qui devinèrent le sens de cette
interrogation.

— Vous êtes francs et généreux, mais toujours imprudents, leur dit le vieillard. Que je vous avertisse d'un bruit public *qui doit être une calomnie*, rien de plus naturel. Voilà que vous en faites une vérité pour des gens faibles comme monsieur, madame d'Hauteserre, et pour leurs fils. Oh! jeunes gens, jeunes gens! Vous devriez laisser Michu ici, et vous en aller, vous! Mais, en tout cas, si vous restez dans ce pays, écrivez un mot au sénateur au sujet de Michu, dites-lui que vous venez d'apprendre par moi les bruits qui couraient et que vous l'avez renvoyé.

— Nous! s'écrièrent les deux frères, écrire à Malin, à l'assassin de notre père et de notre mère , au spoliateur effronté de notre fortune !

— Tout cela est vrai ; mais il est un des plus grands personnages de la cour impériale, et le roi de l'Aube.

— Lui qui a voté la mort de Louis XVI dans le cas où l'armée de Condé entrerait en France, sinon la réclusion perpétuelle, dit mademoiselle de Cinq-Cygne.

— Lui qui peut-être a conseillé la mort du duc d'Enghien ! s'écria Paul-Marie.

— Eh ! mais, si vous voulez récapituler ses titres de noblesse, s'écria le marquis, lui qui a tiré Robespierre par le pan de sa redingote pour le faire tomber quand il a vu ceux qui se levaient pour le renverser les plus nombreux, lui qui aurait fait fusiller Bonaparte si le Dix-Huit Brumaire eût manqué, lui qui ramènerait les Bourbons si Napoléon chancelait, lui que le plus fort trouvera toujours à ses côtés pour lui donner l'épée ou le pistolet avec lequel on achève un adversaire qui inspire des craintes ! Mais raison de plus.

— Nous tombons bien bas, dit Laurence.

— Enfants, dit le vieux marquis de

Chargebœuf en les prenant tous trois par la main et les amenant à l'écart, vers une des pelouses alors couverte d'une légère couche de neige, vous allez vous emporter en écoutant les avis d'un homme sage, mais je vous les dois, et voici ce que je ferais : je prendrais pour médiateur un vieux bonhomme, comme qui dirait moi, je le chargerais de demander un million à Malin, contre une ràtification de la vente de Gondreville... Oh ! il y consentirait en tenant la chose secrète. Vous auriez, au taux actuel des fonds, cent cinquante mille livres de rente, et vous iriez acheter quelque belle terre dans un autre coin de la France, vous laisseriez régir Cinq-Cygne à monsieur d'Hauteserre, et vous tireriez à la courte-paille à qui de vous deux serait le mari de cette belle héritière. Mais le parler d'un vieillard est dans l'oreille des jeunes gens ce qu'est le parler des jeunes gens dans l'oreille des vieillards, un bruit dont le sens échappe.

Le vieux marquis fit signe à ses trois parents qu'il ne voulait pas de réponse, et regagna le salon où, pendant leur conversation, l'abbé Goujet et sa sœur étaient venus.

La proposition de tirer à la courte-paille la main de leur cousine avait révolté les deux Simeuse, et Laurence était

comme dégoûtée par l'amertume du re-
mède que son parent indiquait. Aussi furent-ils tous trois moins gracieux pour le
vieillard, sans cesser d'être polis. L'affection était froissée.

Monsieur de Chargebœuf, qui sentit ce
froid, jeta sur ces trois charmants êtres,
à plusieurs reprises, des regards pleins
de compassion. Quoique la conversation
devînt générale, il revint sur la nécessité
de se soumettre aux évènements en
louant monsieur d'Hauteserre de sa per-
sistance à vouloir que ses fils prissent du
service.

— Bonaparte, dit-il, fait des ducs. Il a

créé des fiefs de l'empire, il fera des comtes. Malin voudrait être comte de Gondreville. C'est une idée qui peut, ajouta-t-il en regardant messieurs de Simeuse, vous être profitable.

— Ou funeste, dit Laurence.

Dès que ses chevaux furent mis, le marquis partit et fut reconduit par tout le monde. Quand il se trouva dans sa voiture, il fit signe à Laurence de venir, et elle se posa sur le marche-pied avec une légèreté d'oiseau.

— Vous n'êtes pas une femme ordinaire, et vous devriez me comprendre,

lui dit-il à l'oreille. Malin a trop de re-
mords pour vous laisser tranquille. Il
vous tendra quelque piège. Au moins
prenez bien garde à toutes vos actions,
même aux plus légères ! enfin, transigez,
voilà mon dernier mot.

Les deux frères restèrent debout près
de leur cousine, au milieu de la pelouse,
regardant dans une profonde immobilité
le berlingot qui tournait la grille et s'en-

volait sur le chemin vers Troyes, car
Laurence leur avait répété le dernier mot
du bonhomme. L'expérience aura toujours le tort de se montrer en berlingot,
en bas chinés, et avec un crapaud sur la
nuque.

Aucun de ces jeunes cœurs ne pouvait
concevoir le changement qui s'opérait en
France. L'indignation leur remuait les
nerfs et l'honneur bouillonnait dans
toutes leurs veines avec leur noble
sang.

— Le chef des Chargebœuf! dit le
marquis de Simeuse, un homme qui a
pour devise : Vienne un plus fort! *Adsit*

fortior! un des plus beaux cris de guerre.

— Il est devenu le bœuf, dit Laurence en souriant avec amertume. *pas très bon*

— Nous ne sommes plus au temps de saint Louis, reprit le cadet des Simeuse.

—Mourir en chantant! s'écria la comtesse, ce cri des cinq jeunes filles qui firent notre maison, sera le mien.

— Le nôtre n'est-il pas *cy meurs!* Ainsi pas de quartier! reprit l'aîné des Simeuse, car en réfléchissant nous trouve·

rions que notre parent le Bœuf a bien sagement ruminé ce qu'il est venu nous dire. Gondreville devenir le nom d'un Malin !

— La demeure ! s'écria le cadet.

— Mansard l'a dessiné pour la Noblesse, et le Peuple y fera ses petits! dit l'aîné.

— Si cela devait être, s'écria mademoiselle de Cinq-Cygne, j'aimerais mieux voir Gondreville brûlé !

Un homme du village qui venait voir un veau que lui vendait le bonhomme d'Hauteserre, entendit cette phrase en sortant de l'étable.

— Rentrons, dit Laurence en souriant, nous avons failli commettre une imprudence et donner raison au bœuf à propos d'un veau.

— Mon pauvre Michu, dit-elle en rentrant au salon, j'avais oublié ta frasque, mais nous ne sommes pas en odeur de sainteté dans le pays, ainsi ne nous compromets pas. As-tu quelque autre peccadille à te reprocher ?

— Je me reproche de n'avoir pas tué l'assassin de mes vieux maîtres avant d'accourir au secours de ceux-ci.

— Michu ! s'écria le curé.

— Mais je ne quitterai pas le pays, dit-il en continuant sans faire attention à l'exclamation du curé, que je ne sache si vous y êtes en sûreté. J'y vois rôder des gars qui ne me plaisent guère. La dernière fois que nous avons chassé dans la forêt, il est venu à moi cette manière de garde qui m'a remplacé à Gondreville, et qui m'a demandé si nous étions là chez nous. « Oh ! mon garçon, lui ai-je dit, il est difficile de se déshabituer en deux mois des choses qu'on fait depuis deux siècles. »

— Tu as tort, Michu, dit en souriant de plaisir le marquis de Simeuse.

— Qu'a-t-il répondu? demanda monsieur d'Hauteserre.

—Il a dit, reprit Michu, qu'il instruirait le sénateur de nos prétentions.

— Comte de Gondreville ! reprit l'aîné des d'Hauteserre. Ah! la bonne mascarade! Au fait, on dit Sa Majesté à Bonaparte.

— Et Son Altesse à monseigneur le grand duc de Berg, dit le curé.

— Qui, celui-là? fit monsieur de Simeuse.

—Murat.

—Bon ! reprit mademoiselle de Cinq-Cygne ; et dit-on Sa Majesté à la veuve du marquis de Beauharnais?

— Oui, Mademoiselle, dit le curé.

—Nous devrions aller à Paris, voir tout cela, s'écria Laurence.

— Hélas, Mademoiselle, dit Michu, j'y suis allé pour mettre Michu au lycée, je puis vous jurer qu'il n'y a pas à badiner avec ce qu'on appelle la garde impériale. Si toute l'armée est sur ce modèle-là, la chose peut durer plus que nous.

— On parle de familles nobles qui prennent du service, dit monsieur d'Hauteserre.

— Et d'après les lois actuelles, vos enfants, reprit le curé, seront forcés de servir : la loi ne connaît plus ni les rangs, ni les noms.

— Cet homme nous fait plus de mal avec sa cour que la Révolution avec sa hache ! s'écria Laurence.

— L'Église prie pour lui, dit le curé.

Ces mots, dits coup sur coup, étaient
autant de commentaires sur les sages
paroles du vieux marquis de Chargebœuf;
mais ces jeunes gens avaient trop de foi,
trop d'honneur, pour accepter une trans-
action. Ils se disaient aussi, ce que se
sont dit à toutes les époques les partis
vaincus, que la prospérité du parti vain-
queur finirait, que l'empereur n'était
soutenu que par l'armée, que le fait
périssait tôt ou tard devant le droit, etc.

Malgré ces avis, ils tombèrent dans la
fosse qui les attendait, et que des gens
comme le bonhomme d'Hauteserre, ti-
mides, prudents, sages et dociles, eussent
évitée. Si les hommes voulaient être

francs, ils reconnaîtraient peut-être que jamais le malheur n'a fondu sur eux sans qu'ils en aient reçu quelque avertissement patent ou occulte. Beaucoup n'ont aperçu le sens profond de cet avis mystérieux, sympathique ou visible, qu'après leur désastre.

— Dans tous les cas, madame la comtesse sait que je ne peux pas quitter le pays sans avoir rendu mes comptes, dit Michu tout bas à mademoiselle de Cinq-Cygne.

Elle fit pour toute réponse un signe d'intelligence au fermier qui s'en alla.

XIV

LES CIRCONSTANCES DE L'AFFAIRE.

XIV.

Michu, qui vendit aussitôt ses terres à Violette et à Beauvisage, le fermier de Bellache, ne put pas être payé avant une vingtaine de jours.

Un mois donc, après la visite du marquis, Laurence, qui avait appris à ses deux cousins l'existence de leur fortune, leur proposa de prendre le jour de la mi-carême pour retirer le million enterré dans la forêt. La grande quantité de neige tombée avait jusqu'alors empêché Michu d'aller chercher ce trésor ; mais il aimait faire cette opération avec ses maîtres. Michu voulait absolument quitter le pays, il se craignait lui-même.

— Malin vient d'arriver brusquement à Gondreville, sans qu'on sache pourquoi, dit-il à sa maîtresse, et je ne résisterais pas à faire mettre Gondreville en vente par suite du décès du propriétaire. Je me crois comme coupable de ne pas suivre mes inspirations !

— Par quelle raison, peut-il quitter Paris au milieu de l'hiver ?

— Tout Arcis en cause, répondit Michu, il a laissé sa famille à Paris, et n'est accompagné que de son valet de chambre. Monsieur Grévin le notaire d'Arcis, madame Marion, la femme du receveur-général de l'Aube, et belle sœur du prête-nom, lui tiennent compagnie.

Laurence regarda la mi-carême comme un excellent jour, car il permettait de se défaire des gens. Les mascarades attiraient les paysans à la ville, et personne n'était aux champs.

Mais le choix du jour servit précisément la fatalité qui s'est rencontrée en beaucoup d'affaires criminelles. Le hasard fit ses calculs avec autant d'habileté que mademoiselle de Cinq-Cygne en mit aux siens.

L'inquiétude de monsieur et madame d'Hauteserre devait être si grande de se savoir onze cent mille francs en or dans un château situé sur la lisière d'une forêt, que les d'Hauteserre consultés furent eux-mêmes d'avis de ne leur rien dire. Le secret de cette expédition fut concentré entre Gothard, Michu, les quatre gentils-hommes et Laurence. Après bien des calculs, il parut possible de mettre quarante-huit mille francs dans un long sac sur la

croupe de chaque cheval. Trois voyages
suffiraient.   .

Par prudence, on convint donc d'envoyer tous les gens dont la curiosité pouvait être dangereuse, à Troyes, y voir les
réjouissances de la mi-carême. Catherine,
Marthe et Durieu, sur qui l'on pouvait
compter, garderaient le château.

Les gens acceptèrent bien volontiers la
liberté qu'on leur donnait, et partirent
avant le jour.

Gothard, aidé par Michu, pansa et sella
les chevaux de grand matin. La caravane
prit par les jardins de Cinq-Cygne, et

de là maîtres et gens gagnèrent la forêt.

Au moment où ils montèrent à cheval, car la porte du parc était si basse que chacun fit le parc à pied en tenant son cheval par la bride, le vieux Beauvisa᷈e, le fermier de Bellache, vint à passer.

— Allons! s'écria Gothard, voilà quelqu'un.

— Oh! c'est moi, dit l'honnête fermier en débouchant. Salut, Messieurs; vous allez donc à la chasse, malgré les arrêtés de préfecture? Ce n'est pas moi qui me plaindrai; mais prenez garde! Si vous avez des amis, vous avez aussi bien des ennemis.

— Oh ! dit en souriant le gros d'Hauteserre, Dieu veuille que notre chasse réussisse et tu retrouveras tes maîtres.

Ces paroles auxquelles l'évènement donna un tout autre sens, valurent un regard sévère de Laurence à Robert.

L'aîné des Simeuse croyait que Malin restituerait la terre de Gondreville contre une indemnité. Ces enfants voulaient faire le contraire de ce que le marquis de Chargebœuf leur avait conseillé. Robert, qui partageait leurs espérances,

y pensaient en disant cette fatale parole.

— Dans tous les cas, motus, mon vieux!
dit à Beauvisage Michu qui partit le dernier en prenant la clef de la porte.

Il faisait une de ces belles journées de
la fin de mars où l'air est sec, la terre
nette, le temps pur, et dont la tempéra-
ture forme une espèce de contresens avec
les arbres sans feuilles. Le temps était si
doux que l'œil apercevait par places
des champs de verdure dans la campagne.

— Nous allons chercher un trésor,

tandis que vous êtes le vrai trésor de notre maison, cousine, dit en riant l'aîné des Simeuse.

Laurence marchait en avant, ayant de chaque côté de son cheval un de ses cousins. Les deux d'Hauteserre la suivaient, suivis eux-mêmes par Michu. Gothard allait en avant pour éclairer la route.

—Puisque notre fortune va se retrouver, en partie du moins, épousez mon frère, dit le cadet à voix basse. Il vous adore, vous serez aussi riches que doivent l'être les nobles aujourd'hui.

— Non, laissez-lui toute sa fortune, et

je vous épouserai, moi qui suis assez riche pour deux, répondit-elle.

—Qu'il en soit ainsi! s'écria le marquis
de Simeuse. Moi, je vous quitterai pour
aller chercher une femme digne d'être
votre sœur.

— Vous m'aimez donc moins que je ne
le croyais, reprit Laurence en le regardant
avec une expression de jalousie.

— Non; je vous aime plus tous les
deux que vous ne m'aimez, répondit le
marquis.

— Ainsi vous vous sacrifieriez?

Le marquis garda le silence.

— Eh ! bien, moi, je ne penserais alors qu'à vous , et ce serait insupportable à mon mari.

— Comment vivrais-je sans toi ? s'écria le cadet en regardant son frère.

— Mais cependant vous ne pouvez pas nous épouser tous deux, dit le marquis. Et, ajouta-t-il avec le ton brusque d'un homme atteint au cœur, il est temps de prendre une décision.

Il poussa son cheval en avant pour que les deux d'Hauteserre n'entendissent rien. Le cheval de son frère et celui de Laurence imitèrent ce mouvement.

Quand ils eurent mis un intervalle raisonnable entre eux et les trois autres, Laurence voulut parler, mais elle ne trouva rien que des larmes.

— J'irai dans un cloître, dit-elle.

— Et vous laisseriez finir les Cinq-Cygne! dit le cadet des Simeuse. Et au lieu d'un seul malheureux qui consent à l'être, vous en ferez deux! Non, celui de nous deux qui ne sera que votre frère se résignera. En sachant que nous n'étions pas si pauvres que nous pensions l'être, nous nous sommes expliqués, dit-il en regardant le marquis. Si je suis le préféré, toute notre fortune est à mon frère. Si

je suis le malheureux, il me la donne,
ainsi que les titres de Simeuse, car il deviendra Cinq-Cygne! De toute manière,
celui qui ne sera pas heureux aura des
chances d'établissement. Enfin, s'il se sent
mourir de chagrin, il ira se faire tuer à
l'armée, pour ne pas attrister le mé-
nage.

— Nous sommes de vrais chevaliers
du moyen-âge, nous sommes dignes de
nos pères! s'écria l'aîné, parlez, Laurence.

— Nous ne voulons pas rester ainsi,
dit le cadet.

— Ne crois pas, Laurence, que le dévouement soit sans voluptés, dit l'aîné.

— Mes chers aimés, dit-elle, je suis incapable de me prononcer. Je vous aime tous deux comme si vous n'étiez qu'un seul être, et comme vous aimait votre mère! Dieu nous aidera. Je ne choisirai pas. Nous nous en remettrons au hasard et j'y mets une condition.

— Laquelle?

— Celui de vous qui deviendra mon frère restera près de moi jusqu'à ce que je lui permette de me quitter. Je veux être seule juge de l'opportunité du départ.

— Oui, dirent les deux frères sans

s'expliquer la pensée de leur cousine.

— Le premier de vous deux à qui madame d'Hauteserre adressera la parole ce soir à table, après le *Benedicite*, sera mon mari. Mais aucun de vous n'usera de supercherie, et ne la mettra dans le cas de l'interroger.

— Nous jouerons franc jeu, dit le cadet.

Chacun des deux frères embrassa la main de Laurence. La certitude d'un dénoûment que l'un et l'autre pouvait croire lui être favorable rendit les deux jumeaux extrêmement gais.

— De toute manière, chère Laurence, tu feras un comte de Cinq-Cygne, dit l'aîné.

— Et nous jouons à qui ne sera pas Simeuse, dit le cadet.

— Je crois, de ce coup, que Madame ne sera pas long-temps fille, dit Michu derrière les deux d'Hauteserre. Mes maîtres sont bien joyeux. Si elle fait son choix je ne pars pas, je veux voir cette noce-là !

Aucun des deux d'Hauteserre ne répondit.

Une pie s'envola brusquement entre

les d'Hauteserre et Michu qui , supersti-
tieux comme les gens primitifs , crut entendre sonner les cloches d'un service
mortuaire. La journée commença donc
gaîment pour les amants, qui voient ra-
rement des pies quand ils sont ensemble
dans les bois.

Michu, armé de son plan, reconnut les
places, chaque gentilhomme s'était muni
d'une pioche : les sommes furent trou-
vées. La partie de la forêt où elles avaient
été cachées, était déserte , loin de tout
passage et de toute habitation. A chaque
voyage la caravane chargée d'or ne rencontra personne. Ce fut un malheur. En

venant de Cinq-Cygne pour chercher les
derniers deux cent mille francs, la caravane, enhardie par le succès, prit un chemin
plus direct que celui par lequel elle s'é-
tait dirigée aux voyages précédents. Ce
chemin passait par un point culminant
d'où l'on voyait le parc de Gondreville.

— Le feu ! dit Laurence en apercevant
une colonne de feu bleuâtre.

— C'est quelque feu de joie, répondit
Michu.

Laurence, qui connaissait les moindres
sentiers de la forêt, laissa la caravane et

piqua des deux jusqu'au pavillon de Cinq-
Cygne, l'ancienne habitation de Michu.
Quoique le pavillon fût désert et fermé ,
la grille était ouverte, et les traces du
passage de plusieurs chevaux frappèrent
les yeux de Laurence. La colonne de fu-
mée s'élevait d'une prairie du parc anglais
où elle présuma que l'on brûlait des her-
bes.

— Ah ! vous en êtes aussi, Mademoiselle , s'écria Violette, qui sortit du parc
sur son bidet au grand galop et qui s'arrêta devant Laurence. Mais c'est une
farce de carnaval, n'est-ce pas? on ne le
tuera pas.

— Qui ?

— Vos cousins ne veulent pas sa mort.

— La mort de qui ?

— Du sénateur.

— Tu es fou, Violette !

— Eh bien ! que faites-vous donc là ?
demanda-t-il.

A l'idée d'un danger couru par ses
cousins, l'intrépide écuyère piqua des
deux et arriva sur le terrain au moment
où les sacs se chargeaient.

—Alerte! Je ne sais ce qui se passe,
mais rentrons à Cinq-Cygne!

Pendant que les gentilshommes s'em-
ployaient au transport de la fortune
sauvée par le vieux marquis, il se
passait une étrange scène au château
de Gondreville.

A **deux** heures après midi, le sénateur et son ami Grévin faisaient une partie d'échecs devant le feu, dans le grand salon du rez-de-chaussée. Madame Grévin et madame Marion causaient au coin de la cheminée assises sur un canapé.

Tous les gens du château avaient été voir une curieuse mascarade annoncée depuis long-temps dans l'arrondissement d'Arcis. La famille du garde qui remplaçait Michu au pavillon de Cinq-Cygne y était allée aussi.

Le valet de chambre du sénateur et Violette se trouvaient alors seuls au château. Le concierge, deux jardiniers et leurs femmes restaient à leur poste; mais leur pavillon est situé à l'entrée des cours, au bout de l'avenue d'Arcis, et la distance qui existe entre ce tourne-bride et le château ne permettait pas d'y entendre un coup de fusil. D'ailleurs ces gens se tenaient sur le pas de la porte et regardaient Arcis, qui est à une demi lieue, espérant voir la mascarade.

Violette attendait dans une vaste antichambre le moment d'être reçu par le sénateur et Grévin, auxquels il voulait exposer l'affaire relative à la prorogation de son bail.

En ce moment, cinq hommes masqués et gantés, qui, par la taille, les manières et l'allure, ressemblaient à messieurs d'Hauteserre, de Simeuse et à Michu, fondirent sur le valet de chambre et sur Violette, auxquels ils mirent un mouchoir en forme de bâillon, et qu'ils attachèrent à des chaises dans un office.

Malgré la célérité des agresseurs, l'opération ne se fit pas sans que le valet de chambre et Violette eussent poussé chacun un cri.

Ce cri fut entendu dans le salon. Les

deux femmes voulurent y reconnaître un cri d'alarme.

— Bah! c'est un cri de mi-carême! dit Grévin, nous allons avoir les masques au château.

Cette discussion donna le temps aux cinq inconnus de fermer les portes du côté de la cour d'honneur, et d'enfermer le valet de chambre et Violette.

Madame Grévin, femme assez entêtée, voulut absolument savoir la cause du bruit; elle se leva et donna dans les cinq masques, qui la traitèrent comme ils avaient arrangé Violette et le valet de chambre. Puis ils entrèrent avec violence dans le salon, où les deux plus forts s'emparèrent du comte de Gondreville, le bâillonnèrent et l'enlevèrent par le parc, tandis que les trois autres liaient et bâillonnaient également madame Marion et le notaire chacun sur un fauteuil.

L'exécution de cet attentat ne prit pas plus d'une demi heure.

Les trois inconnus, bientôt rejoints par ceux qui avaient emporté le sénateur, fouillèrent le château de la cave au grenier. Ils ouvrirent toutes les armoires sans crocheter aucune serrure ;

ils sondèrent les murs, et furent enfin les maîtres jusqu'à cinq heures du soir.

En ce moment, le valet de chambre acheva de déchirer avec ses dents les cordes qui liaient les mains de Violette. Violette, débarrassé de son bâillon, se mit à crier au secours.

En entendant ces cris, les cinq inconnus rentrèrent dans les jardins, sautèrent sur des chevaux semblables à ceux de Cinq-Cygne, et se sauvèrent, mais pas assez lestement pour empêcher Violette de les apercevoir.

Après avoir détaché le valet de chambre, qui délia les femmes et le notaire,

Violette enfourcha son bidet, et courut après les malfaiteurs. En arrivant au pavillon, il fut aussi stupéfait de voir les deux battants de la grille ouverts que de voir mademoiselle de Cinq-Cygne en vedette.

Quand la jeune comtesse eut disparu, Violette fut rejoint par Grevin à cheval et accompagné du garde champêtre de la commune de Gondreville, à qui le concierge avait donné un cheval des écuries du château. La femme du concierge était allée avertir la gendarmerie et le juge de paix d'Arcis.

XV

———

LA JUSTICE SOUS LE CODE DE BRUMAIRE AN IV.

XV.

Violette apprit aussitôt à Grevin sa ren-
contre avec Laurence et la fuite de cette
audacieuse jeune. fille , dont le caractère
profond et décidé leur était connu.

— Est-il possible que ce soient les nobles de Cinq-Cygne qui aient fait le coup ? s'écria Grévin.

— Comment ! dit Violette, vous n'avez pas reconnu ce gros Michu ? c'est lui qui s'est jeté sur moi ! j'ai bien senti sa *pogne*. D'ailleurs les cinq chevaux étaient bien ceux de Cinq-Cygne.

En voyant la marque du fer des chevaux sur le sable du rond-point et dans le parc, le notaire laissa le garde-champêtre en observation à la grille pour veiller à la conservation de ces précieuses empreintes, et envoya Violette chercher le juge de paix d'Arcis pour les constater.

Puis il retourna promp:.ement au salon
du château de Gondreville, où le lieutenant et le sous-lieutenant de gendarmerie
impériale arrivaient accompagnés de quatre hommes et d'un brigadier.

Ce lieutenant était, comme on doit le
penser, le brigadier à qui, deux ans au-
paravant, François avait troué la tête, et
à qui Corentin fit alors connaître son ma-
licieux adversaire.

Cet homme, appelé Giguet, dont le
frère servait et devint un des meilleurs
colonels d'artillerie, se recommandait
par sa capacité comme officier de gen-

darmerie. Plus tard il commanda l'escadron de l'Aube.

Le sous-lieutenant, nommé Welf, avait autrefois mené Corentin de Cinq-Cygne au pavillon, et du pavillon à Troyes. Pendant la route, le Parisien avait suffisamment édifié l'Égyptien sur ce qu'il nomma la rouerie de Laurence et de Michu.

Ces deux officiers devaient donc montrer et montrèrent une grande ardeur contre les habitants de Cinq-Cygne.

Malin et Grevin avaient, l'un pour le compte de l'autre, tous deux travaillé au Code dit de Brumaire an IV, l'œuvre judiciaire de la Convention dite nationale promulguée par le Directoire. Ainsi Grevin, qui connaissait cette législation à fond, put opérer dans cette affaire avec une terrible célérité, mais sous une présomption arrivée à l'état de certitude relativement à la criminalité de Michu, de messieurs d'Hauteserre et de Simeuse.

Personne, aujourd'hui, si ce n'est quelques vieux magistrats, ne se rappelle l'organisation de cette justice que Napoléon renversait précisément alors par la promulgation de ses Codes et par l'institution de sa magistrature qui régit maintenant la France.

Le Code de Brumaire an IV réservait au directeur du Jury du département la poursuite immédiate du délit commis à Gondreville.

Remarquez, en passant, que la Convention avait rayé de la langue judiciaire le mot crime. Elle n'admettait que les délits contre la loi, délits emportant des amendes, l'emprisonnement, des peines infâmantes ou afflictives. La mort était une peine afflictive.

Néanmoins, la peine afflictive de la mort devait être supprimée à la paix, et remplacée par vingt-quatre années de travaux forcés. Ainsi la Convention estimait que

vingt-quatre années de travaux forcés éga-
laient la peine de mort. Que dire de notre
Code pénal qui inflige les travaux forcés à
perpétuité?

L'organisation alors préparée par le
Conseil d'État de Napoléon supprimait la
magistrature des directeurs du Jury qui
réunissait, en effet, des pouvoirs énormes.

Relativement à la poursuite des délits
et la mise en accusation, le directeur du
Jury était en quelque sorte à la fois agent
de police judiciaire, procureur du roi,
juge d'instruction, et Cour royale. Seulement, sa procédure et son acte d'accusation étaient soumis au visa d'un commis-

saire du pouvoir exécutif et au verdict de huit jurés auxquels il exposait les faits de son instruction, qui entendaient les témoins, les accusés, et qui prononçaient un premier verdict d'accusation.

Le directeur devait exercer sur les jurés, réunis dans son cabinet, une influence telle qu'ils ne pouvaient être que ses coopérateurs.

Ces jurés constituaient le jury d'accusation. Il existait d'autres jurés pour composer le jury près le tribunal criminel chargé de juger les accusés. Par opposition aux jurés d'accusation, ceux-là se nommaient jurés de jugement.

Le tribunal criminel, à qui Napoléon venait de donner le nom de Cour criminelle, se composait d'un président, de quatre juges, de l'accusateur public, et d'un commissaire du gouvernement.

Néanmoins, de 1799 à 1806, il exista des Cours dites spéciales, jugeant sans jurés dans certains départements certains attentats, composées de juges pris au tribunal civil qui se formaient en Cour Spéciale. Ce conflit de la justice Spéciale et de la justice criminelle amenait des questions de compétence que jugeait le tribunal de cassation.

Si le département de l'Aube avait eu sa

Cour Spéciale, le jugement de l'attentat commis sur un sénateur de l'empire lui eût été sans doute déféré; mais ce tranquille département était exempt de cette juridiction exceptionnelle.

Grévin dépêcha donc le sous-lieutenant au directeur du jury de Troyes. L'Égyptien y courut bride abattue, et revint à Gondreville, ramenant en poste ce magistrat quasi souverain.

Le directeur du jury de Troyes était un ancien lieutenant de Bailliage, ancien secrétaire appointé d'un des comités de la Convention, ami de Malin, et placé par lui.

Ce magistrat, nommé Lechesneau,

vrai praticien de la vieille justice criminelle, avait, ainsi que Grévin, beaucoup
aidé Malin dans ses travaux judiciaires à
la Convention. Aussi Malin le recomman-
da-t-il à Cambacérès qui le nomma pro-
cureur-général en Italie. Malheureusement pour sa carrière, Lechesneau eut
des liaisons avec une grande dame de Tu-
rin, et Napoléon fut obligé de le destituer
pour le soustraire à un procès correction-
nel intenté par le mari à propos de la
soustraction d'un enfant adultérin.

Lechesneau, devant tout à Malin et de-
vinant l'importance d'un pareil attentat,
avait amené le capitaine de la gendarmerie et un piquet de douze hommes.

Avant de partir, il s'était entendu naturellement avec le préfet qui, pris par la
nuit, ne put se servir du télégraphe. On
expédia sur Paris une estafette afin de
prévenir le ministre de la police générale,
le grand juge et l'empereur de ce crime
inouï.

Lechesneau trouva dans le salon de
Gondreville mesdames Marion et Grevin,
Violette, le valet de chambre du sénateur, et le juge de paix assisté de son
greffier. Déjà des perquisitions avaient été
pratiquées dans le château.

Le juge de paix, aidé par Grevin, re-
cueillait soigneusement les premiers élé-

ments de l'instruction. Le magistrat fut
tout d'abord frappé des combinaisons
profondes que révélaient et le choix du
jour et celui de l'heure. L'heure empê-
chait de chercher immédiatement des in-
dices et des preuves.

Dans cette saison, à cinq heures et demie, moment où Violette avait pu poursuivre les délinquants, il faisait nuit :
pour les malfaiteurs, une nuit est souvent
l'impunité.

Choisir un jour de réjouissances où
tout le monde irait voir la mascarade
d'Arcis, et où le sénateur devait se trou-

ver seul chez lui , n'était-ce pas éviter les témoins ?

— Rendons justice à la perspicacité des agents de la préfecture de police, dit Lechesneau. Ils n'ont cessé de nous mettre en garde contre les nobles de Cinq-Cygne, et nous ont dit que tôt ou tard ils feraient quelque mauvais coup.

Sûr de l'activité du préfet de l'Aube , qui envoya dans toutes les préfectures environnant celle de Troyes des estafettes pour faire chercher les traces des cinq hommes masqués et du sénateur, Lechesneau commença par établir les bases de son instruction.

Ce travail se fit rapidement avec deux
têtes judiciaires aussi fortes que celle de
Grevin et du juge de paix. Le juge de paix,
nommé Pigoult, ancien premier clerc de
l'étude où Malin et Grevin avaient étudié
la chicane à Paris, fut nommé, trois mois
après, président du tribunal d'Arcis.

En ce qui concernait Michu, Lechesneau connaissait les menaces précédem-
ment faites par cet homme à monsieur
Marion, et le guet-apens auquel le sénateur avait échappé dans son parc.

Ces deux faits, dont l'un était la con-
séquence de l'autre, devaient être les pré-
mices de l'attentat actuel, et désignaient

d'autant mieux l'ancien garde comme le chef des malfaiteurs, que Grevin, sa femme, Violette, et madame Marion déclaraient avoir reconnu dans les cinq individus masqués un homme entièrement semblable à Michu. La couleur des cheveux, celle des favoris, la taille trapue de l'individu rendaient son déguisement à peu près inutile.

Quel autre que Michu, d'ailleurs, aurait pu ouvrir la grille de Cinq-Cygne avec une clé? Le garde et sa femme, revenus d'Arcis et interrogés, déposèrent avoir fermé les deux grilles à la clé.

Les grilles, examinées par le juge de

paix, assisté du garde-champêtre et de son greffier , n'avaient offert aucune trace d'effraction.

— Quand nous l'avons mis à la porte, il aura gardé des doubles clés du château, dit Grevin. Mais il doit avoir médité quelque coup désespéré, car il a vendu ses biens en vingt jours, et en a touché le prix dans mon étude avant-hier.

— Ils lui auront tout mis sur le dos, s'écria Lechesneau frappé de cette circonstance. Il s'est montré leur âme damnée.

Qui pouvait, mieux que messieurs de

Simeuse et d'Hauteserre, connaître les êtres du château? Aucun des assaillants ne s'était trompé dans ses recherches. Ils étaient allés partout avec une certitude qui prouvait que la troupe savait bien ce qu'elle voulait, et savait surtout où l'aller prendre. Aucune des armoires restées ouvertes n'avait été forcée.

Ainsi les délinquants en avaient les clés ; et, chose étrange ! ils ne s'étaient pas permis le moindre détournement. Il ne s'agissait donc pas d'un vol.

Enfin, Violette, après avoir reconnu les chevaux du château de Cinq-Cygne, avait trouvé la comtesse en embuscade devant le pavillon du garde.

De cet ensemble de faits et de dépositions il résultait, pour la justice la moins prévenue, des présomptions de culpabilité relativement à messieurs de Simeuse, d'Hauteserre et Michu, qui dégénéraient en certitude pour le directeur du jury.

Maintenant que voulaient-ils faire du futur comte de Gondreville? Le forcer à une rétrocession de sa terre, pour l'acquisition de laquelle le régisseur annonçait, dès 1799, avoir des capitaux?

Ici tout changeait d'aspect.

Le savant criminaliste se demanda quel pouvait être le but des recherches actives faites dans le château. S'il se fût agi d'une vengeance, les délinquants eussent pu tuer Malin. Peut-être le sénateur était-il mort et enterré. L'enlèvement accusait néanmoins une détention. Pourquoi la détention après les recherches accomplies au château ?

Certes, il y avait folie à croire que l'enlèvement d'un dignitaire de l'Empire resterait long-temps secret ? La rapide publicité que devait avoir cet attentat en annulait les bénéfices.

A ces objections Pigoult répondit que jamais la justice ne pouvait deviner tous les motifs des scélérats. Dans tous les procès criminels, il existait, du juge au cri-

minel et du criminel au juge, des parties
obscures ; la conscience avait des abîmes
où la lumière humaine ne pénétrait que
par la confession des coupables.

Grevin et Lechesneau firent un hoche-
ment de tête en signe d'assentiment, sans
pour cela quitter les yeux de ces ténèbres
qu'ils tenaient à éclairer.

— L'Empereur leur a pourtant fait
grâce, dit Pigoult à Grevin et à madame
Marion, il les a radiés de la liste, quoiqu'ils fussent de la dernière conspiration
ourdie contre lui!

Lechesneau, sans plus tarder, expédia

toute sa gendarmerie sur la forêt et la vallée de Cinq-Cygne, en faisant accompagner Giguet par le juge de paix qui devint, aux termes du code, son officier de police judiciaire auxiliaire.

Il le chargea de recueillir dans la commune de Cinq-Cygne les éléments de l'instruction, de procéder au besoin à tous interrogatoires, et, pour plus de diligence, il dicta rapidement et signa le mandat d'arrêt de Michu sur qui les charges paraissaient évidentes.

Après le départ des gendarmes et du juge de paix, Lechesneau reprit le travail important des mandats d'arrêt à décerner

contre les Simeuse et les d'Hauteserre.
D'après le code, ces actes devaient conte-
nir toutes les charges qui pesaient sur les
délinquants.

Giguet et le juge de paix se portèrent
si rapidement sur Cinq-Cygne, qu'ils ren-
contrèrent les gens du château revenant
de Troyes.

Arrêtés et conduits chez le maire où ils
furent interrogés, chacun d'eux, ignorant
l'importance de cette réponse, dit naïve-
ment avoir reçu, la veille, la permission
d'aller pendant toute la journée à Troyes.

Sur une interpellation du juge de paix,

chacun répondit également que Mademoiselle leur avait offert de prendre cette
distraction à laquelle ils ne songeaient
pas.

Ces dépositions parurent si graves au
juge de paix, qu'il envoya l'Égyptien à Gondreville prier monsieur Lechesneau de
venir procéder lui-même à l'arrestation
des gentilshommes de Cinq-Cygne, afin
d'opérer simultanément, car il se trans-
portait à la ferme de Michu, pour y sur-
prendre le prétendu chef des malfaiteurs.

Ces nouveaux éléments parurent si dé-
cisifs, que Lechesneau partit aussitôt pour
Cinq-Cygne, en recommandant à Grevin

de faire soigneusement garder les empreintes laissées par le pied des chevaux dans le parc.

Le directeur du jury savait quel plaisir causerait à Troyes sa procédure contre d'anciens nobles, les ennemis du peuple, devenus les ennemis de l'Empereur. En de pareilles dispositions, un magistrat prend facilement de simples présomptions pour des preuves évidentes.

Néanmoins, en allant de Gondreville à Cinq-Cygne dans la propre voiture du sénateur, Lechesneau qui, certes, eût fait un grand magistrat sans la passion à laquelle il dut sa disgrâce, car l'Empereur était prude, trouva l'audace des jeunes gens et de Michu bien folle et peu en harmonie avec l'esprit de mademoiselle de Cinq-Cygne. Il crut en lui-même à des intentions autres que celles d'arracher au sénateur une rétrocession de Gondreville.

En toute chose, même en magistrature, il existe ce qu'il faut appeler la conscience du métier : les perplexités de Lechesneau résultaient de cette conscience que tout homme met à s'acquitter des devoirs qui lui plaisent, et que les savants portent dans la science, les artistes dans l'art, les juges dans la justice. Aussi peut-être les juges offrent-ils aux accusés plus de ga-

ranties que les jurés : le magistrat ne se
fie qu'aux lois de la raison tandis que le
juré se laisse entraîner par les ondes du
sentiment.

Le directeur du jury se posa plusieurs
questions à lui-même, en se proposant
d'y chercher des solutions satisfaisantes
dans l'arrestation même des délinquants.

Quoique la nouvelle de l'enlèvement de
Malin agitât déjà la ville de Troyes, elle
était encore ignorée dans Arcis à huit
heures, car tout le monde soupait quand
on y vint chercher la gendarmerie et le
juge de paix ; enfin personne ne la savait
à Cinq-Cygne, dont la vallée et le château

étaient pour la seconde fois, cernés; mais cette fois, par la justice et non par la police : les transactions, possibles avec l'une, sont souvent impossibles avec l'autre.

FIN DU DEUXIÈME VOLUME.

TABLE DES CHAPITRES

DU SECOND VOLUME.

FIN DE LA TABLE.

www.ingramcontent.com/pod-product-compliance
Lightning Source LLC
Chambersburg PA
CBHW070210030726
47505CB00006B/1627